Redes de pasión

Redes de pasión

Raquel Antúnez Cazorla

tom**book**tu.com

www.facebook.com/tom**book**tu
www.tom**book**tu.blogspot.com
www.twitter.com/tom**book**tu
#redesdepasion

Colección: Tombooktu Chicklit
www.chicklit.tombooktu.com
www.tombooktu.com

Tombooktu es una marca de Ediciones Nowtilus:
www.nowtilus.com

Si eres escritor contacta con Tombooktu:
www.facebook.com/editortombooktu

Título: Redes de pasión
Autor: © Raquel Antúnez Cazorla

Doña Juana I de Castilla 44, 3° C, 28027 Madrid
www.nowtilus.com

ISBN Papel: 978-84-9967-379-0
ISBN Digital: 978-84-9967-380-6
Depósito Legal: M-16918-2012
Fecha de publicación: Mayo 2012

Impreso en España
Imprime:
Maquetación: www.taskforsome.com

Índice

NOTA DE LA AUTORA

Todos los personajes y hechos que aparecen en esta novela, así como las ciudades donde transcurre la historia, son obra de mi imaginación. Cualquier parecido con la realidad es pura coincidencia.

Prólogo

Redes de pasión relata un caso policial desde el punto de vista de dos chicas, amigas y compañeras de trabajo en *Maze News*, un importante periódico de la ciudad donde viven: San Antonio.

En el transcurso de cada capítulo podremos ir destapando poco a poco la vida de Meritxell y de Ariadna de forma alterna, hasta que todo se mezcla y se unen las piezas necesarias para culminar la investigación que elevará el periódico a lo más alto.

Investigadores y policías cuentan con este equipo de jóvenes periodistas, a las que dejan intervenir en las pesquisas del caso de asesinatos en serie más importante de los últimos años.

Sólo puedo adelantaros que el trabajo de *Maze News* no pasará desapercibido.

Primera parte:

El Asesino del Mordisco

Capítulo 1

Meritxell

Intenté limpiar la gota de sangre que resbalaba labio abajo, camino de mi camiseta favorita. Sorbí el último instante de vida de Jonás y me quedé mirando sus ojos inertes, vacíos, perdidos en la noche... Mientras, la gran luna llena, que hoy parecía estar más cerca que nunca, se reflejaba en ellos. Me pareció la escena más romántica que había vivido en el último año.

El corazón me latía fuertemente, diría que estaba a punto de romper mis costillas de un momento a otro. Besé sus carnosos labios y apoyé la yema de mis dedos sobre sus párpados para que aquellos azules ojos fueran a la oscuridad por el resto de la eternidad.

Aún tenía los dedos de Jonás clavados en mis antebrazos, realmente me iban a salir unos terribles cardenales después de aquello. No pensé que me costase tanto apretar la almohada contra su rostro, imaginé que sería mucho más rápido, tal como había visto mil veces en aquellas películas de Hollywood. Tenía zarpazos por todas partes, ese capullo había logrado pegarme un buen manotazo antes de pasar a mejor vida.

Una vez se fue, no pude evitar volver a morder ese cuello que realmente me estaba haciendo enloquecer, cuya piel aterciopelada al contacto con mis labios hizo que un escalofrío recorriera mi espina dorsal. Esto ya no le iba a doler, así que apreté hasta que pude chupar su sangre. No entendía por qué razón había hecho tal asquerosidad, sólo sé que en ese instante me pareció lo más romántico, sexy y provocativo del mundo.

—Te quiero Jonás... —le susurré al oído. Esta vez mis labios aterrizaban en su mejilla izquierda—. Nunca te olvidaré.

Empecé a llorar, consciente de que había hecho la cosa más terrible que podía haber siquiera imaginado. La sensación era tal que no podía arrepentirme, aunque quería. Hundí la cara entre mis manos, con la esperanza de que aquella escena desapareciera de repente, y de pronto me sentí feliz y radiante como una colegiala al obtener su primer beso de amor.

El nudo de mi estómago oprimía más fuerte al recordar ese segundo, ese instante, en el que dejó de respirar.

Miré a Jonás pensando qué podía hacer ahora. Acabábamos de hacer el amor y había huellas mías por toda la habitación de aquel hotel. La reserva la habíamos registrado a mi nombre, y seguro que con el ADN podían confirmar que había sido yo más rápido que un estornudo en primavera.

Hacía tan sólo dos semanas que había conocido a aquel chico tan risueño, cuando se atrevió a acercase a mí en la playa. Yo no quería matarlo... ni siquiera quería conocerlo... pero se acercó, se presentó y me robó el corazón, me lo arrebató sin previo aviso y se lo llevó para siempre con su último halo de vida.

Al bajar la cabeza pude observar que mi camiseta favorita estaba hecha un trapo, estirajada y rota.

—¡Joder! ¡Maldito capullo!

*

Desperté con sudores fríos, no recordaba haber tenido un sueño tan extraño en mi vida. Aún sentía el nudo en el estómago, como un pellizco muy fuerte que me apretaba y me cortaba el aliento. Tuve que incorporarme y mirar a mi alrededor. ¿Estoy en casa? Sí, creo que sí.

Apoyé la mano en el lado izquierdo de la cama. Allí estaba Víctor dormido como un tronco, con su leve respiración acariciando el silencio de la oscuridad, como había ocurrido todas y cada una de las noches que habíamos pasado juntos los diez últimos años.

Volví a recostarme aunque ya no pude pegar ojo, juraría tener un leve sabor a sangre en la boca, y en mi nariz un perfume que estaba segura de no haber olido nunca antes. A mi corazón le costó serenarse de ese salvaje sueño que acababa de vivir y que me había parecido tan real. Cuando por fin cerré los ojos, sonó el dichoso despertador.

Como cada mañana, lo primero que hice fue encender la cafetera que había dejado preparada la noche anterior y me apresuré a meterme en la ducha. En apenas diez minutos sonaría el despertador de mi esposo y entonces ya podría despedirme del cuarto de baño.

Le di mil vueltas con la cuchara a aquella humeante taza, el aroma que desprendía ya lograba espabilarme algo. Casi sentía dolor en los antebrazos y los examiné en busca de cardenales, marcas... algo que me dijera que aquella pesadilla había sido real. Pero allí no había nada, simplemente el rastro de una tensión muy fuerte que debí acumular mientras soñaba.

Víctor pasó a mi lado sonriente y me dio una palmada en el trasero, como cada mañana, y rozó mis labios con los suyos antes de ponerse a cotorrear. ¡Dios! ¿Después de diez años todavía no se había enterado de que yo no podía escuchar ningún sonido humano hasta después de las ocho de la mañana? Me limité a asentir mientras apuraba los restos de mi café.

Rápidamente planché mi vestido gris; como siempre, ya llegaba tarde a la oficina. Hoy sin falta tenía que ponerme con el reportaje del Asesino del Mordisco. Odiaba escribir sobre asesinatos, odiaba esa sección que mi jefe, Miguel Suárez, me había otorgado como un gran premio... No me dejaba conciliar el sueño.

Hoy necesitaba elevar mi autoestima, así que después de ponerme dos capas de maquillaje, cogí la última caja de zapatos de la fila: unos tremendos tacones de doce centímetros de color violeta, a juego con mis pendientes y mis pulseras favoritas, serían la combinación perfecta para arreglar mi mal despertar.

Mientras salía del garaje con mi BMW Z3 de color azul, que había sido mi sueño durante los dos últimos años de trabajo hasta que por fin conseguí comprarlo, me di cuenta de que necesitaba otro café urgentemente. El desvelo me iba a pasar factura, sin duda alguna.

Paré un par de manzanas antes de llegar a la oficina, para tomarme una última dosis de cafeína en mi lugar favorito: Sweet Café.

Virginia vio como me acercaba y juraría que ya le había pedido la comanda a Roberto para que me fuera sirviendo mi doble capuchino de «he-tenido-un-despertar-horrible» y mi dónut relleno de crema. Este nuevo puesto de trabajo ya me había hecho aumentar una talla en el último año, y había pasado de mi espectacular treinta y ocho a llenar completamente una talla cuarenta. Mi culo se veía más voluminoso, pero Víctor parecía más contento desde entonces, supuse que debido a que por fin había logrado llenar una copa noventa y cinco de pecho.

Sonreí por primera vez en la mañana al oír unos tremendos piropos que Roberto había incluido en el menú.

—¿Qué le ocurre a la bella Meritxell esta mañana? —le oí decir por último a Roberto, al mismo tiempo que Virginia lo servía todo antes de que pudiera apoyar el trasero en mi butaca favorita, frente a la barra.

—Gracias, guapísima —le susurré a Virginia—. Pues verás —me dirigí esta vez a aquel cuarentón que me sonreía últimamente demasiadas mañanas (teniendo en cuenta que en un principio sólo acudía a aquella cafetería cuando no me sentía con ánimos)—, creo que anoche me pasó un tractor por encima mientras dormía. No estoy segura, no pude verlo, pero estaría dispuesta a jurarlo. —Roberto soltó una gran carcajada y me hizo sonreír.

—Anda, exagerada. —Se acercó y extendió hasta mi plato un bombón de chocolate—. Invita la casa, es el mejor calmante que conozco. —Me guiñó un ojo y se dio la vuelta, perdiéndose por la puerta que conducía a lo que sin duda alguna era la cocina, el sitio de Roberto, donde pasaba más de doce horas diarias.

—Umm —oí refunfuñar a Virginia—, a mí nunca me hace esos regalos —dijo bien alto para que lo oyera Roberto, su esposo, y me guiñó un ojo.

Hacían una entrañable pareja, eran muy amables. Él era algo regordete, muy alto, y acudía a la cafetería perfectamente afeitado cada mañana. Virginia parecía mucho más joven que él, quizás tenía unos treinta y cinco años, de larga melena pelirroja, que siempre llevaba bien recogida en una cola de caballo. Tenía unos grandes ojos de color miel, y esos hoyuelos que se le formaban al sonreír hacían que resultara más encantadora aún.

Levanté la cabeza y vi entrar a Ariadna por la puerta, diría que su despertar había sido aún peor que el mío, aunque logré adivinar una pequeña sonrisa mientras se acercaba a mí.

—¡Cielos, Ariadna! ¿Estás bien? ¿Ocurre algo? ¡Estás horrible!

—Yo también te quiero, preciosa —me dijo, tras lo cual estampó un beso en mi mejilla y me robó un mordisco del *dónut* relleno. Estuve a punto de fulminarla con la mirada.

—Siéntate, anda. ¿Has pasado mala noche?

—¿Mala? ¡Mala! ¡¡No había pasado mejor noche en mi vida!! —dijo con una risotada.

Ariadna tenía treinta años, igual que yo, pero a veces olvidaba que su vida era algo más emocionante que la mía. Hacía lo que quería, cuando se le antojaba y con quien le apetecía. Sonreí al preguntarle:

—Cuéntame, arpía. ¿En qué clase de orgía estuviste ayer? —Soltó otra risotada. Reía demasiado mis bromas, realmente me había equivocado. Ella tenía muy, muy, muy buen día.

—Anoche tuve un «mano a mano» a vino y ostras con Gonzalo. —Se sonrojó al recordarlo y soltó otra carcajada para zanjar el tema. Sonreí con ella, hacía dos semanas que conocía a Gonzalo, pero parecía que este ligue le estaba durando algo más que el resto—. ¿Qué tal tú, cielo? Veo que Roberto no ha dudado en servirte esta mañana el menú extra de «despertar horrible» —dijo señalando el envoltorio del bombón que acababa de zamparme—. Luego te quejarás de que ese culo sigue creciendo —dijo, dándome una palmada en la parte del trasero que sobresalía del taburete, haciéndome enfurruñar.

—¡Dios, niña! ¡Cierra esa boca! —oí gritar a Roberto, que salía de la cocina con una bandeja de sándwiches recién hechos para ponerlos en el mostrador—. Mi desayuno es el único de toda la ciudad que logra arrebatar una sonrisa de esos labios cuando están así de apretados.

—Eso es cierto —dije a su favor. Siempre lograba hacerme reír un poquito.

Odiaba cuando Roberto y Virginia se iban de vacaciones porque me sentía perdida. Desde que trabajaba en *Maze News*, pasaba por aquella cafetería al menos tres veces a la semana y, en el último año, había parado casi a diario de camino a la oficina.

Ariadna vio los enormes sándwiches rellenos de aquella pasta deliciosa que preparaba Roberto y dejó de escuchar toda conversación. Sus ojos verdes se le salían de las órbitas.

—¡Por favor, Roberto! ¡No me hagas rogarte uno de esos!

Roberto rio y le sirvió uno en un plato a mi amiga y compañera de trabajo, mientras Virginia ya preparaba su doble expreso con leche condensada.

—Tuve una noche horrible —le dije una vez había dado un par de mordiscos a su desayuno, cuando estaba segura de que me escuchaba de nuevo—. Tuve un sueño espantoso.

—¿Qué clase de sueño? —dijo con la boca llena.

—No sé, muy raro. Salía un chico muy joven y…

—Ummm, ¿un chico? ¡Pervertida!

—¡Ariadna! ¡Que no es eso! —Le di una palmadita en el brazo para que me dejara continuar—. Lo raro no es que acabara de tener sexo del bueno con ese chico —dije ruborizándome—, sino que después de hacerlo había cogido una almohada y lo había asfixiado. —Ariadna abrió los ojos como platos, tan expresiva como siempre, y masticaba sin parar—. No contenta con ello, una vez le quité la almohada de la cara, mordí su cuello hasta que sangró… ¡Qué asco!

Mi amiga estuvo a punto de atragantarse con las risas.

—Meritxell, ¡vampira! —dijo, con la boca aún llena de comida.

—¡Ariadna! Odio que hables con la boca llena —dije yo, con la mía no menos vacía, pues acababa de dar cuenta de mi último trozo de *dónut*. Ambas reímos—. La verdad es que es una tontería, pero fue tan real que cuando me desperté me sentía perdida. La angustia me comprimía el pecho y el corazón iba a salirse de su sitio… me costó tranquilizarme y ya no pude conciliar el sueño.

—Pobre Meritxell —dijo Ariadna acariciando mi pelo, como si consolase a una niña asustada—. Necesita tanta emoción en su vida que no puede evitar soñar con jugar a vampiritos con tal de agenciarse un auténtico guaperas.

—No entiendes nada —refunfuñé pensativa.

Se me había puesto la piel de gallina al recordar la pesadilla. Aún lo veía todo muy nítido en mi cabeza. Aquel chico no podía tener más de veintiséis años, su tez era demasiado pálida para mi gusto, pero esos tremendos ojos azules quitaban el sentido. Su pecho y sus brazos estaban curtidos por algunas horas diarias de gimnasio, que eran evidentes a través de su camiseta. ¡Pero de dónde habría sacado yo tremenda imagen! Y lo peor, ¡cómo conseguiría que se borrara de mi cabeza si tan sólo había sido un sueño! Ariadna carcajeaba de nuevo.

—Si al final resulta que te lo pasaste incluso mejor que yo anoche, ¿quieres dejar de ruborizarte como una adolescente embobada?

Sacudí la cabeza y me puse en pie mientras le dejaba un billete de diez euros a Roberto para pagar nuestro desayuno. ¡Se había hecho demasiado tarde! Hacía al menos media hora que debería estar tecleando mi último reportaje.

Capítulo 2

Ariadna

Salí huyendo hacia el lavabo, apenas llevaba mis braguitas de encaje de color negro y le había tomado prestada a Gonzalo su camiseta favorita que se había dejado olvidada una de las últimas noches que había pasado por casa. Adoraba esa camiseta, se la había traído expresamente su mejor amigo de un viaje a Londres. Eso era todo, o casi todo, lo que sabía de él..., ah, y también que me estaba volviendo loca por sus huesos.

No recordaba cómo había conocido a aquel chico, apenas recordaba si me podía mantener en pie después de al menos ocho copas que mi hígado se resistía a filtrar. Sólo recordaba unos labios seductores que me sonreían y me decían «hola». Apenas dos horas después me había llevado a aquel completo desconocido a mi casa, a mi cama... de eso hacía ya dos semanas e, increíble pero cierto, aún tenía ganas de pasar tiempo junto a él. Me parecía una persona misteriosa, inteligente y atractiva.

Gonzalo me estaba lanzando almohadas desde su lado de la cama. Escondí mi cuerpo tras la puerta del cuarto de baño que se encontraba en mi dormitorio, asomando la cabeza para hacerle muecas. Me quedé un rato observándolo, cada día me resultaba más guapo.

Su tez estaba curtida por el sol, debido al muy buen tiempo que nos había acompañado el último año. No era exactamente el estilo de chico en el que siempre había pensado, pero sus blancos dientes en aquellos carnosos labios me hacían estremecer. Tenía los ojos más espléndidos que hubiera visto nunca, de un color negro azabache, al igual que su pelo, que llevaba corto y de punta. Parecía uno de esos chicos de anuncio de ropa interior, con una barba de unos dos o tres días que realmente le hacía parecer un gran seductor.

Su cuerpo no estaba musculado, pero no le sobraba un gramo de grasa por ninguna parte, cuestión que me asombraba por la forma exagerada que tenía de comer.

Recordé su pose al tocar el timbre anoche en la puerta de casa. Apoyado en la pared, con aires chulescos y un pie cruzado por delante. Traía una gran bolsa con comida y una rosa de color rojo, a juego con su corbata. En un vistazo pude darme cuenta de que se había vestido demasiado elegante para una simple cena en casa. Camisa y pantalones de color negro, perfectamente planchados. Zapatos negros, completamente brillantes, podría jurar que acababa de comprarlos. Todo ello me hizo sentir algo de vergüenza, pues yo me había vestido mucho más informal, con unos vaqueros y un top sin tirantes, casualmente también de color rojo, al igual que mis zapatos con tacón alto que había elegido correctamente, un toque ideal para el conjuntito que llevaba puesto, aunque cuando nos sentamos a cenar ya andaba descalza por todo el parqué de mi piso.

Gonzalo era un fantástico cocinero, demasiado glamuroso para mí que apenas sabía cocinar unos espaguetis y algún que otro plato igual de sencillo. Se había ofrecido a prepararme la cena esa noche y me dijo que lo dejase todo en sus manos. Se decidió por unas ostras y un delicioso vino, con una amplia gama de entremeses para acompañar.

El vino me hizo entrar en calor rápidamente y reía sin parar, derritiéndome en su compañía. Realmente Gonzalo me gustaba, me había seducido y había eliminado por completo las ganas de salir huyendo que solían poseerme la mayor parte de las ocasiones durante la segunda o tercera cita que tenía con algún chico.

Era un hombre muy dulce, sus besos eran tiernos y ardientes, su lengua entraba en mi boca haciéndome sentir más calor del que había sentido nunca. Podría haber hecho conmigo lo que quisiera y yo no hubiera conseguido resistirme a él. Me abrazaba de forma cariñosa, haciéndome oler aquel perfume que estaba a punto de desquiciarme. Poco a poco recorría toda mi cara y mi cuello con pequeños besos. Cada roce con su cuerpo me quemaba, y sus dedos entrelazados con mi cabello me ponían la piel de gallina.

Después de cenar, Gonzalo se puso de pie frente a mí, me abrazó haciéndome rodear su cuerpo con mis piernas y me llevó camino a mi dormitorio donde, una noche más, me hizo el amor.

Acababa de pedirle que me preparara el desayuno mientras me daba la vuelta para seguir durmiendo. Él se echó a reír y me ofreció como respuesta un gran ataque de cosquillas.

—¡Pero qué te has creído! —Reía sin parar, mientras me agarraba muy fuerte y me daba suaves mordiscos por la espalda—. No soy tu criado.

Me escapé de sus brazos con una sonrisa en los labios, esquivando las almohadas que volaban por la habitación... y me di cuenta de que adoraba a aquel chico; me había robado el corazón.

Sin duda alguna había sido una noche perfecta, pero tenía que espabilar, era miércoles y estaban a punto de dar las siete y media de la mañana. Debía dirigirme a *Maze News* a trabajar... decidí que primero me pasaría por Sweet Café, ¡hubiera matado por mi doble expreso con leche condensada!

Capítulo 3

Meritxell

Aquellas fotos me daban auténtico pavor, el muy depravado dejaba marcas de mordiscos, algunas demasiado ensangrentadas, en sus víctimas. Casi como queriendo dibujar algo en aquellas pieles inocentes. No concebía cómo era posible que no hubieran localizado al causante de aquellas tres horribles muertes. Yo no entendía mucho de asesinatos, en realidad odiaba todo lo que tenía que ver con aquello, pero había visto como doscientos capítulos de CSI, y sabía que entre muestras de ADN, fibras y huellas, Grissom cazaría a ese psicópata en menos que canta un gallo. Sin embargo, ese tipo había logrado ser invisible a los ojos de la policía.

Deseaba ayudar, que mi publicación detectara algo de lo que la policía no se hubiera percatado. ¿Cómo podía hacerlo si aquellas terribles imágenes me daban pánico? Miré una vez más a la chica pelirroja de la foto, Marisol Domínguez. Apenas llegaba a los veinticinco años, no era más que una cría. No cabía un mordisco más en sus hombros y en sus brazos. Al pasar a la siguiente foto me deprimí aún más ya que Bibiana Cárdenes acababa de cumplir diecisiete.

Cerré el dosier de golpe al sentir que el vello se me ponía de punta y me decidí a hablar con mi jefe sobre lo incómoda que me sentía con este tipo de publicaciones. Me imponían demasiado respeto. Sabía que él me había otorgado este puesto como un premio y que confiaba en mí... pero simplemente no podía.

Toqué débilmente la puerta de su despacho, las manos ya se me llenaban de sudor frío. Había considerado que sería bueno llevarle un café, así que pasé por la máquina expendedora. No es que fueran la bomba, pero eran bebibles y, sobre todo, suponía un gesto amable por mi parte para poder romper el hielo.

Oí refunfuñar algo al otro lado de la puerta que no entendí, pero me aventuré a pasar antes de que aquel café se enfriase y tuviera que tirarlo por el retrete.

—Señor Suárez, ¿tiene un minuto?

—Adelante, señora Borges, tome asiento —dijo mirando con cierto pánico aquel café que le traía—. ¿A qué debo su amabilidad? —dijo, cogiendo el vaso que le extendía.

Conocía a mi jefe desde hacía muchos años, pero siempre habíamos tenido un trato cordial y respetuoso. Excepto en una cena de Navidad, en la que ambos tomamos varias copas de vino y nos pusimos a hablar como si fuésemos amigos de toda la vida. Al día siguiente, ambos seguimos relacionándonos de un modo formal, tal y como lo habíamos hecho siempre.

Miguel Suárez era un hombre encantador; al principio de conocerlo, le veía sonreír más, pero el volumen de trabajo que alcanzaba en estos momentos *Maze News* no le dejaba apenas tiempo de respirar. Hacía como dos años se había divorciado de su esposa, y desde entonces sólo la veía cuando iba a buscar a Marta, su pequeña de cuatro años.

—Señor Suárez, quería comentarle algo acerca del reportaje que me ha encomendado.

—¡Ah! Es eso. Señora Borges, no olvide que necesito un adelanto en menos de una hora para poder sacarlo en la tirada digital. He de revisar todo este papeleo y...

Empezaron a sonar su teléfono móvil y el fijo al mismo tiempo, interrumpiendo nuestra conversación y disipando cualquier mínima esperanza de que me escuchara. Miré cual pasmarote cómo contestaba a ambos a la vez, intentando mantener la conversación con las dos personas. Dos conversaciones que, seguro, no me incumbía escuchar.

—Vengo después —dije, haciéndole señas al mismo tiempo que me levantaba. Las piernas me flaqueaban. No iba a tener otra oportunidad de decirle lo que pensaba.

—Espere un segundo, no se mueva de ahí —me ordenó.

Asentí. Estaba escuchando demasiado... parecía enojado con alguien que tras su teléfono fijo pretendía que publicáramos una disculpa, Dios sabe por qué, a lo que él se negaba rotundamente defendiendo la veracidad de la información conseguida por su equipo. Tomó el segundo aparato, que pareció enfadarle aún más pues pretendían que dejara pasar de largo algo sobre alguien a quien mi jefe llamó: «tú ya sabes quién».

¡No debía enterarme de todo esto! Me puse a sintonizar en mi mente alguna canción que me supiera, pero sólo se me ocurría una muy melancólica que había escuchado mil veces días atrás tras una tonta discusión con Víctor y con la cual no podía parar de llorar. Así que cuando iba por la segunda estrofa, debido a los nervios y a la canción en sí, se me formó un nudo en la garganta. Mi jefe no paraba de parlotear por un teléfono y por el otro.

—Lo siento, señor Suárez. No quiero robarle más tiempo y debo avanzar en mi reportaje.

Tapó el auricular del aparato que tenía ahora junto a la boca.

—Discúlpeme, vuelva al trabajo. Le prometo que la escucharé más adelante, están a punto de volverme loco.

«¡Ya está!», pensé, toda esperanza de renunciar a aquello había desaparecido. Todavía no había escrito nada, salvo algunas frases en un folio en sucio tras observar aquellas macabras fotografías del escenario que la policía había pasado a la prensa, así que debía ponerme manos a la obra.

*

Al acercarme a mi mesa, aquella oficina me pareció realmente un manicomio. ¡No podía concentrarme de esa forma! Cogí el archivo del caso, mi portátil y una botella de agua y me dirigí al sótano, donde no había más que polvo y documentos viejos. Allí podría pensar.

Me senté en el suelo, a riesgo de manchar mi vestido gris, y me descalcé los taconazos para poder cruzar las piernas a gusto. Coloqué el portátil con un documento en Word abierto y me dispuse a teclear algo decente que pudiera dar a mi jefe como adelanto al gran reportaje que en apenas unos días tendría que publicar.

Tras media hora quedó algo así:

EL ASESINO DEL MORDISCO

Los crímenes que han tenido lugar en el último mes, a manos presuntamente del mismo autor, nos demuestran que un sádico, sediento de muerte y sangre, anda suelto.

Los cadáveres se han descubierto en lugares públicos pero algo apartados, las tres chicas cuyas vidas arrebató fueron violadas, torturadas y estranguladas, dejando en sus cuerpos marcas muy similares. En las tres, los mordiscos por todo o parte de su cuerpo son evidentes, como una «firma» que su autor dejó en ellas. No se ha podido detectar ADN, ya que las muestras de saliva recogidas parecen haber sido rociadas con hipoclorito sódico (lejía), lo que altera la secuencia del ADN, es decir, imposible averiguar a quién pertenece. Tampoco se han obtenido restos de semen, por lo que se deduce que ha utilizado preservativo en sus ataques.

Criminólogos y policía científica se han reunido estos días para intentar trazar un perfil del asesino después de un exhaustivo análisis de los lugares donde fueron halladas las víctimas, ya que muchos aspectos de la conducta y personalidad de este hombre pueden quedar sellados en cada uno de estos escenarios.

Nos anuncia el inspector Alvarado, responsable de la Comisaría de San Antonio: «Podemos encontrarnos ante un psicópata peligroso, una persona manipuladora y fría, que no es consciente de sus actos, el bien y el mal no están diferenciados para él. Un tipo para el cual estas jóvenes no son más que simples objetos, un conducto para conseguir sus metas. Según su psique, su actitud es completamente lógica, aunque vista desde fuera no sea más que una locura para el resto de las personas. Los expertos no se ponen de acuerdo, pero la mayoría piensa que los individuos con este tipo de actitudes nunca se curan, ya que carecen por completo de conciencia, no tienen miedo a nada.

En definitiva, se trata de un depredador social satisfaciendo sus propias necesidades inmediatas sin tener en cuenta las consecuencias».

El resultado del perfil dictamina que estamos ante un hombre de raza blanca, cuya edad ronda entre veinticinco y treinta y cinco años. Como se señala anteriormente, es un rasgo importante que es un gran manipulador, suele conseguir sus objetivos, que se vuelven un simple juego para «entrenarse».

Por el momento, la policía cree que sus víctimas son elegidas con antelación, quizás las observe durante un par de días para hacerse una idea de sus costumbres. No se descarta que las chicas conocieran a su atacante y realmente no estuvieran solas, sino que se hubieran citado con él. A primera vista parecerá una persona completamente normal, agradable, amable, dispuesta, con buena presencia. Alguien organizado, eficaz y resolutivo en su trabajo.

Este peculiar psicópata se considera muy peligroso. Aún se desconoce la relación entre las víctimas, por lo que se alerta a todas las mujeres de entre diecisiete y treinta y cinco años que vivan en esta ciudad, guarden especial cuidado de quedarse solas o con desconocidos en la noche.

Informa: Meritxell Borges. *Maze News*.

Era más que suficiente para el avance digital, y definitivamente no quería escribir más sobre el tema. Le eché un último vistazo, antes de darle a la opción «enviar» en el correo electrónico. Suspiré y levanté la cabeza, encontrándome con unos jóvenes ojos que me observaban con curiosidad.

¡Estaba completamente despatarrada en el suelo! Me puse en pie de un brinco y me subí a mis tacones, después de colocar el portátil en el suelo.

—Ho... hola, dis... dis... disculpa, no sabía que había alguien aquí abajo. —Juraría que había tartamudeado.

—Hola —dijo un tímido y sonriente muchacho que se acercaba para darme la mano—. Me llamo Jordi, llevo una semana trabajando aquí. Mi primera «labor» es poner en orden este pequeño desastre y digitalizar todos aquellos archivos —dijo señalando dos pilas de metro y medio de papeles.

—Uf, mucha suerte entonces. —Le tendí yo también la mano y le sonreí—. ¿Llevas aquí todo el tiempo? No te vi cuando llegué.

—Sí. Te vi entrar y sentarte en el suelo. Supuse que si habías decidido bajar a esta especie de mazmorra es que necesitabas algo de silencio, así que decidí no interrumpirte.

—Gracias. —Me ruboricé. ¿Cuánto habría visto en mi despatarre?— Yo me llamo Meritxell, y ahora mismo trabajo para la sección de sucesos cubriendo un triple homicidio, aunque bien me gustaría poder estar donde me encontraba hace un año. Entonces me dedicaba al departamento de Eventos y escribía sobre cualquier fiesta o inauguración que hubiese en el país... al menos eso me dejaba dormir —dije refunfuñando, más para mí que para él.

No había mucha luz en aquel sótano, pero pude distinguir unos enormes ojos azules que me miraban con curiosidad.

Volví a sonreírle y recogí todos mis trastos antes de subir escaleras arriba. Él vino detrás de mí, hablándome por el camino como si me conociese de toda la vida. Ariadna me miró mientras su boca se abría prácticamente hasta el suelo. Se acercó donde yo estaba y, sonriendo a Jordi, me arrastró del brazo hasta el *office*.

—¡¡Se puede saber qué hacías en el sótano con Jordi!!

—¿Habías visto antes a Jordi? ¿Pero yo en qué mundo vivo? Acabo de conocerlo.

—Sí, ya veo que lo has conocido en profundidad —dijo sacudiendo mi vestido, a la altura del trasero, donde se había quedado un cerco lleno de polvo—. Yo apenas he cruzado un «hola» y un «adiós» con él y tú pareces habértelo pasado muy bien ahí abajo.

—¡Por Dios, Ariadna! ¿Cómo puedes pensar eso? ¡No es más que un crío! Bajé al sótano a escribir mi reportaje para la tirada digital, no podía concentrarme con esta algarabía de aquí arriba.

Me miró incrédula.

—Vamos, ¿por qué no me acompañas? He de ir a visitar al inspector Alvarado, debo estar en su despacho dentro de cuarenta minutos exactamente —le rogué a mi amiga.

—No puedo, cielo. Debo dirigirme a mi entrevista con Yago Rey, ya sabes, me va a pasar información sobre la amenaza de bomba del metro que hubo ayer. Espero que con esto me pasen de una vez a sucesos.

—¡Te regalo este puesto, no tiene nada de bueno! Yo preferiría cubrir el preestreno de un film, o una gran obra de teatro con algún famoso. ¡Esto es un rollo!

—Si quieres puedo acompañarte yo. —Oí una voz varonil que me sonaba de algo. Me giré y ahí estaba Jordi, sonriente.

—Ay sí, Jordi, acompáñala tú o se echará a temblar desde que entre en el despacho del inspector. Entre tú y yo, realmente odia la comisaría. Le da pesadillas.

—¡Ariadna! ¿Podrías dejar de despotricar sobre mí? Estoy justo aquí, ¿recuerdas? —dije dándole un codazo—. Pensé que tenías que digitalizar dos toneladas de papeles. —Me dirigí esta vez a aquellos ojos azules, permitiéndome echarle un vistazo rápido al resto de aquel cuerpo... ¿qué edad podía tener aquel chico? ¿Veintiséis? ¿Veintisiete?

—Bueno, el señor Suárez me encomendó que ayudase en todo lo que pudiera el primer mes, que era importante el asunto del archivo pero que valoraría mi disposición a colaborar con mis compañeros.

Lo miré incrédula, ¿qué pensaría Miguel si dejara que un criajo metiese las narices en un caso tan importante?

—No sé, Jordi...

—Prometo que no te molestaré. Cargaré con el portátil y escribiré lo que me digas, puedo llevar la cámara de fotos si fuera necesario, se me da bien.

¿Por qué tenía que hacer yo de niñera? Refunfuñé y finalmente acepté, lo que me vino divinamente porque odiaba conducir por la ciudad a esas horas del medio día y no pensaba sacar mi BMW de su aparcamiento.

Me subí en el Toyota Aygo color negro de mi nuevo compañero y abrí mi portátil. Podía aprovechar los cuarenta minutos del trayecto para darle un adelanto al reportaje. Debía encontrar entre todos aquellos archivos alguna foto poco ofensiva y macabra, tarea ardua teniendo en cuenta el material del que disponía en estos momentos.

Por alguna razón, aquel chaval creyó que lo escucharía por el camino y no dejaba de hablar, así que a los diez minutos desistí y cerré el PC.

—Terminé hace alrededor de cinco o seis años la carrera, pero no he hecho más que tontear. Hice con algunos amigos una revista alternativa, pero me aburrí... me apetece centrarme en algo más... adulto.

—¿Y se puede saber qué añitos tienes? Si no es inconveniente —lo interrumpí, me picaba la curiosidad.

—Bueno, tengo treinta y dos añitos.

—¿En serio?

—Sí, ya sé que tengo cara de crío, pero no lo soy —dijo refunfuñando—. Todo el mundo me toma por el pito del sereno debido a mi cara angelical.

Sonrió y me guiñó un ojo. ¡Era mayor que yo! Ahora me sentía algo estúpida por creer que hacía de niñera. Aunque, bien pensado, yo era más adulta que él, o al menos eso parecía. Llevaba ocho años trabajando en aquel periódico. Había empezado como becaria, sacando fotocopias y transcribiendo textos al ordenador, lo que me había ayudado a mejorar tremendamente mi mecanografía y a financiarme la carrera. Poco a poco fui mereciendo puestos mejores, hasta que caí en sucesos.

Capítulo 4

Ariadna

Sabía que Meritxell estaba muy incómoda con el reportaje, pero si la acompañaba no podría ayudarla. Víctor me había llamado después de mi «pelea de almohadas» con Gonzalo aquella mañana. Estaba muy preocupado.

—Por favor Ariadna, intenta hacer entrar en razón a Meritxell. Debe hablar con vuestro jefe y pedir que la restituya a su antiguo puesto. ¡Por Dios! ¡Que me devuelva a mi esposa! No hace más que pasearse por la casa, pensativa, turbada. No duerme...

—Pero yo no puedo hacer nada, Víctor. Es ella quien debe afrontar la situación, hablar con Miguel o darse cuenta de que está teniendo una gran oportunidad.

—Por favor, no me hagas rogártelo, habla con ella, ayúdame, a mí no me hace caso.

Suspiré y acepté, y ahora estaba allí, frente al despacho de Miguel. Hacía cerca de una hora que había visto a Meritxell intentar hablar con él y sabía, por su expresión cuando salió, que le había resultado imposible. Así que, aunque procuraba cruzar el mínimo de palabras con él después de su divorcio, le eché valor, por mi amiga.

Llamé a su puerta y le oí darme paso, respiré hondo antes de pasar.

—Hola Miguel, ¿podemos hablar?

—Hola preciosa, pasa, siéntate.

Cerré tras de mí e intenté controlarme para no perder la compostura.

—¿Cómo estás, Miguel?

—Bien, lo voy llevando. Este maldito trasto no deja de sonar —dijo señalando el teléfono—. Y bueno, ya sabes, apenas tengo tiempo para ver a Marta, pero supongo que no has venido para oír mis lamentos.

Volví a respirar hondo. No me gustaba mantener un tono tan informal en el trabajo, pero ¿qué podía esperar después de un año acostándonos juntos? Su mujer nos descubrió y le pidió el divorcio en el acto. Gracias a Dios habíamos logrado mantener en secreto todo el lío.

—Miguel, sé que no debo inmiscuirme en esto, pero es que estoy muy preocupada por Meritxell.

—¿Meritxell? ¿Le ha ocurrido algo? Acabo de verla hace un rato.

—No, no. No es eso. Lo que pasa es que ella te tiene muchísimo respeto y admiración. Odia el caso que le has dado y ha intentado decírtelo.

Miguel sonrió.

—Es toda una profesional.

—Deberías apartarla.

—Lo siento, Ariadna, pero no puedo. Este caso es crucial para su carrera, será duro para ella pero lo afrontará, ya lo verás, y hará un gran trabajo. Confío plenamente en ella.

—Pero ella quiere volver a eventos, cosa que no entiendo… ¡Es siempre lo mismo! Yo daría lo que fuera por llevar un caso de verdad.

—Lo sé, Ariadna. Tiempo al tiempo.

—¿Podría echarle una mano?

—Prefiero que no, deja que se las arregle sola si es posible —me sugirió mi jefe y examante.

—No para de pedirme ayuda, está molesta porque no le presto la menor atención.

—No importa, Ariadna, mantente al margen. —Se me desvaneció la esperanza. En cierta forma había anhelado que el que Meritxell odiara su nuevo puesto de trabajo pudiera beneficiarme a mí si Miguel me dejaba demostrarle que yo servía para esto.

—Muy bien —dije en un susurro.

Me quedé un rato observándolo, parecía haber envejecido durante los últimos meses. Tenía cuarenta y un años y su pelo era en un setenta por ciento de color plateado, ya nada quedaba del castaño que antaño lucía su cabello. Unas tremendas bolsas se habían asentado bajo aquellos ojos color avellana que un día me resultaron irresistibles. Sus labios parecían más apretados que de costumbre y podía entrever una arruga en su entrecejo, que no había desaparecido de ahí en el último año, como si siempre estuviera enfadado o preocupado. Estaba muy delgado, aunque siempre venía perfectamente afeitado, peinado y bien vestido al trabajo.

—¿Quieres trabajar en sucesos? —dijo, acomodándose contra el respaldo de su silla.

—Sí, bueno, estaría bien investigar algún homicidio si es posible. —Casi le rogué con la mirada.

—¿Y no tiene nada que ver con que antes trabajarais juntas y ahora cada una esté en un departamento diferente?

—Miguel, no me estás escuchando. Meritxell no quiere estar ahí, quiere volver a su antiguo puesto.

—Ariadna, te voy a dar una oportunidad. No tiene nada que ver con que tú y yo nos llevemos bien, sé que eres una gran periodista en potencia y que lograrás todo lo que te propongas. Acaban de pasarme un caso, aún está bajo secreto de sumario, pero tengo un contacto... —Los ojos se me abrieron como platos—. Es sobre un violador, tengo en esta carpeta lo poco que me han pasado. Por el momento no podemos sacar información, pero quiero que investigues. Cuando se levante el secreto de sumario seremos los primeros en informar, ¿te interesa?

—¡¡Bromeas!! ¡Alucinante!

—Por favor, Ariadna, te ruego la mayor discreción. Si esto sale de estas cuatro paredes, tienes el despido asegurado. No me quedará más remedio porque mi cuello rodará junto al tuyo. —Asentí—. Es algo que guardaba para mí mismo, quería intentar investigarlo yo como en los viejos tiempos, pero ya ves que, por mucho que quiera, no puedo moverme de este despacho.

—¿Por dónde debo empezar?

—Aquí tienes todo lo necesario para comenzar la investigación, te mantendré informada sobre cualquier novedad.

—¡Gracias! ¡Muchas gracias, Miguel! Gracias por confiar en mí y darme esta oportunidad.

—De nada, cielo.

Se me evaporó la sonrisa. Me daba pena pensar que él todavía sentía algo por mí, cuando todo rastro de algo que creí amor en un pasado se había desvanecido con sus ofensas cuando su mujer nos descubrió. Él intentó retroceder, pedirme disculpas, pero estuvo dos meses insultándome y tratándome como una basura que hubiera jodido toda su vida, como si yo hubiese puesto una pistola en su sien para obligarlo a meterse bajo mis sábanas.

—Sé... sé que se te hace duro verme cada día... bueno, ya sabes. Supongo que lo que más te apetece es deshacerte de mí.

—No fue tu culpa, sólo mía... la verdad, Ariadna, no me apetece hablar de ese tema.

—Muy bien, no te arrepentirás de darme esta oportunidad.

—Eso espero.

Capítulo 5

Meritxell

Como siempre, se me hacía tarde. Ese condenado despertador podía sonar tantas veces como quisiera que, si estaba cansada, no lo oía. Me levanté de mal humor, corriendo a la ducha, y obvié mi desayuno y mi parada matutina en Sweet Café. Miguel ya me había llamado la atención respecto al poco material que tenía preparado, y aunque Jordi había supuesto una gran ayuda no lograba encauzar este dichoso reportaje.

Entré por la puerta de la oficina y creí que me salían rayos de la cabeza, hasta que vi acercarse una gran sonrisa de ojos azules con lo que parecía un café tamaño «súper».

—Capuchino doble, como a ti te gusta. —Me guiñó un ojo, mientras echaba hacia atrás un mechón de su pelo rubio oscuro que había caído sobre su frente.

—Buenos días, Jordi. —Le ofrecí una tímida sonrisa, mientras miraba incrédula mi salvación—. ¿Pero cómo sabes tú eso?

—Soy periodista, ¿recuerdas? Que no me permitan realizar otra función que no sea pasar horas ordenando ese archivo del infierno —dijo bajando el tono de voz, señalando hacia la puerta del sótano, y yo sonreí de nuevo— no quiere decir que no sepa llevar a cabo mi profesión.

—Gracias, eres un cielo. —Casi le arrebaté aquel tremendo vaso, hummm... Parecía de Sweet Café. Era mi favorito, sin duda.

Me besó en la mejilla y empezó a parlotear sobre unas fotografías que había examinado y que pensó que no eran aconsejables para incluir en el especial que saldría en apenas dos días, eran macabras y no aportaban nada al caso. Miguel me había dado libertad a la hora de plantear como yo quisiera el reportaje, que de pronto se había convertido en un especial que ocupaba seis páginas completas. ¡Seis páginas informando sobre un asesino en serie que me daba pánico!

Me senté delante del ordenador y empecé a buscar información acerca de las víctimas. Comparando los datos que el inspector Alvarado me había facilitado, las horas volaban y yo seguía en blanco.

Me acerqué a mi amiga, que andaba con el móvil en la mano, concentrada en parecer dulce y lograr captar algo de información... le hice señas y me guiñó un ojo e hizo un gesto con el dedo para que la esperara durante «un segundo», que seguramente se convertiría en quince minutos. No paraba de soltar risitas y pestañeaba demasiado, como si su interlocutor pudiese verla.

—Ariadna... —Ni caso—. Ariadna, por favor... —Más risitas y pestañeos—. Ariadna, necesito tu ayuda...

—Ahora no puedo, preciosa, luego te atiendo —me susurró tapando el auricular del teléfono.

Jordi soltó una caja de lo que parecían papeles más viejos aún que yo, se sacudió la ropa y vino hasta mí.

—Eh, princesa, ¿puedo ayudarte?

—Pues la verdad, Jordi, necesito que alguien me eche una mano con el texto antes de enviárselo a Miguel, y parece que esta arpía de tres al cuarto no piensa ayudarme —dije esto último elevando un poco la voz para que me oyese Ariadna, que pareció no darse por aludida.

La oficina estaba realmente alborotada, los teléfonos no paraban de sonar y todo el mundo hablaba, reía, gritaba... ¡así no había forma! ¡Esto era el colmo! Aquello se había convertido en una especie de guardería.

Vi a Miguel, que pasaba delante de mí en compañía de su secretaria. Parecía estar dictándole algo.

—Señor Suárez, necesito hablar con usted. —Le paré en medio del pasillo y ataqué por banda.

—Buenos días, señora Borges, ¿en qué puedo ayudarla?

—Señor Suárez, esto es una locura, necesito un despacho o una sala donde pensar.

—Lo siento, tengo algo de prisa señora Borges —dijo guiñándome un ojo, ¿por qué todo el mundo pensaba que podía librarse de mí de esa forma?

—Pero... ¡no voy a poder hacer un buen reportaje con todo este escándalo!

—Confío en usted. Si lo necesita, puede usar mi despacho después de las siete de la tarde, hoy tengo que irme pronto.

¡¡Después de las siete!! Asentí en silencio y él le pidió a su secretaria que me facilitara una copia de la llave del despacho. Sonreí hasta que se hubo alejado lo suficiente y refunfuñé algo. Oí una risilla y estuve a punto de exterminar a Jordi con la mirada.

—No te preocupes, yo me quedaré contigo a terminar ese artículo que te tiene todo el tiempo de mal humor.

Miré el reloj y apenas marcaba las cuatro de la tarde, me quedaban tres horas para lograr mi tranquilidad.

—Te invito a tomar algo en Sweet Café, ¿te apetece? —dije a Jordi, que me miró algo incrédulo.

—No creo que al jefe le guste que me ausente de mi trabajo en horario de oficina.

—Jordi, por favor, necesito salir de aquí. Al fin y al cabo vamos a hacer horas extra.

Conseguí que aceptara y, por alguna extraña razón, a la segunda copa de vino Jordi me empezó a parecer realmente seductor.

Capítulo 6

Ariadna

¡Era la oportunidad de mi vida! Lo primero que hice al salir del despacho de Miguel fue llamar a Gonzalo y contárselo, aunque no entendía esa necesidad que sentía de informarle, no era más que un chico con el que me acostaba, no éramos amigos, ni novios, ni nada parecido.

Su voz siempre seductora al otro lado del teléfono me hizo sonreír.

—Gonzalo Jiménez al habla, si eres una hermosa mujer de ricitos rubios y ojos verdes, soy todo tuyo, si no, no puedo atenderte.

Me provocó una risotada, aun sabiendo que él había conocido mi número de teléfono y que por eso me había soltado tal parrafada.

—¡¡Cielo, me han dado una oportunidad en homicidios!!

—¿Homicidios? —Sonó sorprendido—. ¿Eres una especie de agente de policía o algo así?

Ahora sí que reí a carcajadas. Gonzalo y yo apenas habíamos hablado de las cosas normales de las que suelen hablar las parejas. Sólo le había contado algunos detalles de mi niñez y recordaba haber nombrado el instituto. A decir verdad, sabía que él trabajaba en una oficina, pero tampoco tenía ni idea de cuál era su labor.

—Cielo, soy periodista.

—¡Dios mío! ¡Me he enamorado de una periodista!

Me sorprendí y me sonrojé...

—¿Por qué no te invito a una copa de vino luego para celebrarlo? Así podré contarte algo más de mi vida.

—Hecho, te recojo a las tres en el trabajo.

—No, no... déjame un rato para poder terminar mi reportaje de hoy. ¿Me recoges a las siete en casa?

—Perfecto.

Colgué con la sonrisa en la boca, hoy era sin duda el día más feliz de mi vida. No podía contar a nadie aspectos sobre el caso que Miguel me había agenciado, además poco podía decir aunque quisiera, puesto que ni siquiera había visto los documentos que me había pasado, pero a nadie haría daño que lo compartiese con Gonzalo. Al fin y al cabo tenía que alejarme un poco de Meritxell, por respeto a la orden de mi jefe. Estaba segura de que estaba muy enfadada conmigo, pero ¿qué podía hacer? Sabía que Miguel tenía razón, no debía inmiscuirme en todo aquello, ella haría un gran trabajo.

Llegué a casa y me senté frente al portátil para acabar el artículo que tenía que presentar antes de las seis de la tarde. La noche anterior tuve que ir a una aburrida fiesta de famosos sobre la presentación de una nueva colección de ropa interior que una de esas actrices, que se creía el ombligo del mundo, había lanzado al mercado. No era mucho, apenas un par de columnas y como dos fotos de algunos de los modelitos que la susodicha presentaba, así como algunas imágenes de los «famosos más famosos» que acudieron a la cita. Esto me aburría tremendamente, llevaba tres años haciendo exactamente lo mismo. No podía comprender cómo una periodista tan buena como Meritxell ansiaba quedarse estancada en un *puestucho* como este en el que nunca pasaba nada interesante.

Como siempre, terminé el reportaje y, sin duda alguna, parecía que me hubiese divertido en aquel muermo de presentación. Era mucho más espectacular a través de mis crónicas que en directo... al fin y al cabo ese era mi trabajo.

Estaba deseando poder hincarle el diente al caso del violador que Miguel me había cedido. Sabía que lo hacía porque veía la ansiedad en mis ojos por triunfar, por llegar a alcanzar un puesto en el departamento de sucesos de nuestro periódico y porque él me quería tanto como al principio.

Hacía dos años que, un día, me crucé con Miguel. Era tarde, no había nadie en la oficina. Yo acababa de salir de una de esas primeras fiestas que empecé a cubrir después de estar un escaso año sacando fotocopias y transcribiendo textos, todo un logro teniendo en cuenta que la media era de unos tres años así. Supongo que Miguel supo ver mi potencial, o simplemente le caí en gracia y me puso a trabajar con una de sus mejores reporteras, Meritxell. Ya la conocía de la facultad, pero nunca mantuvimos una amistad tan fuerte como cuando entré a trabajar en *Maze News*, nos volvimos uña y carne.

Había empezado en el periódico después de estar algunos años haciendo el tonto y dedicándome a absolutamente nada. Habían pasado ya tres años, hasta que un día Miguel me contrató.

Él me pareció desde el primer momento un hombre interesante, siempre me trataba con cierto protocolo y a mí me hacía gracia que con apenas veintiséis años me tratase de «señorita Betancor». Y así siguió llamándome hasta que un año más tarde hablamos esa noche en la oficina.

Él se dirigió a la máquina de café y me trajo un asqueroso y repugnante cortado, que tragué por agradecimiento y respeto pero con el que casi vomito, aun después de tener el estómago algo revuelto por un par de copas que me había tomado después de aquella fiesta. Cuando empecé a perder el «tino», decidí que sería mejor pasar por la oficina y dejar todo el material de esa noche allí. No podía permitir que se me estropearan o perdieran las fotografías, las notas y grabaciones de voz que había tomado. Y allí estaba, frente a mi jefe, medio «contenta».

Me fijé en su sonrisa de medio lado y me pareció realmente sexy. Fue cuando Miguel se convirtió en mi presa, y yo me transformé en todo sonrisas y desparpajo. Decidí desabrochar un botón de mi camisa para liberar un poco el calor que sentía y dejar entrever algo que sabía volvía loco a cualquier hombre.

Después de aquella noche encima de la mesa de su despacho, puedo decir que pasé de ser «señorita Betancor» a ser simplemente Ariadna, o cielo, o preciosa... Pasé mucho tiempo haciendo «horas extra» a ojos de Meritxell, que intentaba quedarse conmigo todo el tiempo que podía para ayudarme, sin darse cuenta de que lo que quería realmente era quedarme sola en aquella oficina, para que Miguel pudiese venir con dos copas y una botella de vino a besarme y a ofrecerme sus años de experiencia sexual en variadas posturas y circunstancias.

Durante los siguientes meses, pensé que me había enamorado de él. Pero la historia de mi vida: era un amor imposible. No sólo estaba casado hacía casi siete años con Carmen, sino que tenía una pequeñaja preciosa, que apenas tenía un año, llamada Marta. Hoy pensaba en cómo seduje a aquel hombre y los remordimientos inundaban mi conciencia, aquella pequeña se quedó sin tener a su papá al lado por mi culpa.

Miguel siempre fue sincero conmigo, y aunque sabía que me tenía cierto cariño, me aseguró estar completamente enamorado de Carmen. Me dijo que sabía que en algún momento lo nuestro tendría que terminar para intentar seducir de nuevo a su esposa, la cual después de dar a luz a la pequeña Marta se había vuelto todo histerismo y distanciamiento.

Casi un año después de nuestro primer encuentro, una noche Carmen se presentó en la oficina. Eran cerca de las once y Miguel y yo nos encontrábamos en pleno *office*, con las lenguas entrelazadas. Carmen tenía a la pequeña en brazos, completamente colorada, con treinta y nueve de fiebre, ella temblaba tanto como la niña.

Carmen se quedó petrificada, mirando hacia nosotros, y en un instante sentí cómo se caía la Tierra sobre mi cabeza. Pude ver las lágrimas en sus ojos segundos antes de que saliera corriendo escaleras abajo. Fue la última vez que Miguel y yo nos besamos, fue la última vez que sentí que lo quise y me prometí que era la última vez que me enamoraría de un hombre.

Miguel me odió en un principio, Carmen no le dio oportunidad de explicarse, ni de volver a conquistarla, ni de nada que no fuese ver a su hija estrictamente cuando el juez había dictaminado tras el divorcio. Pero él y yo seguimos trabajando juntos y un día nos acostumbramos a vernos por los pasillos de *Maze News*.

Sabía que no tenía la experiencia suficiente para esta oportunidad que él me había dado, pero aun así estaba dispuesta a luchar, yo podía hacerlo, estaba segura. Me tomaría esta noche de refuerzo y descanso, mañana echaría un ligero vistazo a la documentación que Miguel me había dado y, sin duda alguna, haría el mejor reportaje que había imaginado en toda mi vida.

Capítulo 7

Meritxell

Apreté fuerte y más fuerte la almohada, aquel hombre no hacía más que pegarme enérgicos golpes en el estómago. No sabía por qué lo hacía de nuevo, por qué ansiaba acabar con aquel chico que me había hecho el amor como nunca nadie lo había hecho. Había besado y excitado partes de mi cuerpo que apenas sabía que existían, y aun así no pude evitarlo.

Hacernos el amor había sido cautivador, mis uñas se clavaban en su espalda, quería fundirme con él para siempre. Su olor me embriagaba, aquel perfume estaba a punto de volverme loca. Ni un solo vello en toda su espalda, ni en su pecho, ni en sus brazos, ni en sus piernas... ni en ningún otro sitio de su cuerpo que no fuera la cabeza, donde lucía una preciosa cabellera de color rubio oscuro, muy suave, que caía casi hasta su cuello y que no me podía resistir a acariciar mientras aquella lengua de fuego entraba en mi boca. Las leves sacudidas de su cuerpo me hacían sentir auténtico placer, llegando a la cima antes de lo que hubiese imaginado en la vida.

Miré su rostro angelical mientras dormía a mi lado y sólo pude sentir deseos de arrebatarle la vida, hacer que su último aliento fuese mío. Acaricié su pelo y sus suculentos labios. Me distraje observando las curvas de su musculado pecho y por fin me decidí, así que me dispuse, almohada en mano, a acabar con él.

Estaba resultando mucho más difícil de lo que creía. Se había despertado y los fuertes golpes que me propinaba hacían que perdiese la potencia necesaria para cortar su respiración. Me dio un fuerte empujón y salí disparada hacia el otro lado de aquella enorme cama. En menos de un segundo, él estaba encima de mí... al ver sus enormes ojos azules ya no pude moverme, era como si me hubiese hipnotizado.

Cerré los ojos y apreté los dientes, esperando así mitigar el dolor de la brutal paliza que me esperaba, pero el primer golpe no llegaba. Después de unos segundos que me parecieron interminables, lo único que sentí, aparte de sus manos agarrando con fuerza mis brazos, inmovilizándome por completo, fueron sus labios húmedos y calientes sobre mi cuello, bajando hacia el pecho... besó mi boca antes de penetrarme salvajemente. No sentí dolor, sólo un placer aún mayor que hacía tan sólo una hora. Casi había llegado al clímax y sentí un fuerte mordisco en mi cuello, no pude ni tan siquiera gritar del dolor tan fuerte que experimenté. Se me quedó la vista en blanco y me desmayé con la certeza de que no iba a salir viva de aquella habitación de hotel.

*

Me desperté y mi almohada estaba completamente empapada en sudor, sentí que me faltaba el aliento y me costó volver a respirar con normalidad. Aquel trabajo iba a acabar conmigo... otra vez esos extraños sueños asesinos... ¡Dios!, juraría que esa mirada azul era mucho más familiar de lo que me esperaba, pero no lograba saber a quién pertenecía. Cerré los ojos un instante para poder recordar, mientras ponía la mano sobre mi pecho intentando calmar los latidos de mi corazón. Entonces lo supe, el chico de mi sueño era Jordi. Se me abrieron los ojos como platos y salté de la cama escandalizada.

Víctor pareció removerse un poco, pero no lo había despertado. Miré hacia mi mesa de noche y vi que eran las tres de la madrugada. No podía volver a acostarme, mi parte de la cama estaba empapada, mi pijama estaba pegado a mi sudoroso cuerpo y mi pelo se había convertido en una maraña aplastada y mojada. No quería volver a apoyar la cabeza en mi almohada nunca más, no quería volver a dormir y soñar algo por el estilo en la vida.

Me dirigí al cuarto de baño y me di una ducha rápida, evitando por todos los medios cerrar los ojos, ya que la primera imagen que tenía eran aquellos tremendos ojos azules, y aquellos labios besando mi cuello, mi pecho... sacudía la cabeza y los abría de inmediato... ¡Cómo podía tener aquella horrible imaginación para soñar tales cosas!

Me puse un pijama limpio y una bata, de pronto había sentido frío y necesitaba tomar algo que me reconfortara. Cogí mi portátil y me dirigí a la cocina, donde me serví una humeante taza de chocolate caliente que seguro me haría olvidar aquella pesadilla tan extraña y, entonces, ocurrió...

A las tres de la madrugada, en el silencio de mi casa, en la oscuridad de la noche, pude escribir el mejor artículo que nunca hubiese creado. Me sentía casi la víctima y, por otra parte, un poco asesina... pude plasmar todo aquello que deseaba. Las notas que había escrito el día que fui a ver al inspector por fin habían tomado forma.

Las primeras páginas las dediqué a explicar en profundidad cada uno de los casos del Asesino del Mordisco, describiendo a las chicas que habían resultado ser víctimas de aquel sádico, detallando qué puntos tenían en común. Luego pasé a una explicación larga y tendida del perfil del asesino. Encontré en mis archivos algunas fotos que pude poner para hacer referencia a la explicación sobre el ADN y por qué motivo, aunque la saliva de aquel hombre había tocado sus cuerpos, no podían hallar muestras, dejando claro que el más mínimo error de aquel bastardo haría que acabara en manos de la policía, haciendo una larga referencia a lo que aquel inspector me había contado sobre la investigación. Por último, puse una pequeña entrevista de un criminólogo que me había ofrecido su ayuda.

Por fin había terminado aquel dichoso artículo, por fin podría dormir por las noches.

Lo releí dos veces, añadiendo algo de texto y haciendo algunas correcciones. Terminé de seleccionar las fotos que me parecieron más adecuadas e hice caso de algunos consejos que Jordi me había dado. Aunque yo tenía mucha más experiencia que él en periodismo, un punto de vista diferente no me haría ningún mal.

Justo cuando le di al botón de guardar, apareció Víctor en la cocina, se acercó por detrás y besó mi mejilla, rodeándome con sus brazos.

—Cielo, ¿otra vez las pesadillas? —Asentí, mientras apartaba la silla de la mesa donde tenía el portátil y abrazaba a Víctor que se encontraba de pie junto a mí, apoyando mi cabeza en su últimamente abultada barriga, y me sentí reconfortada por primera vez en días. Él acarició mi pelo—. Deberías hablar con tu jefe de esto, no te hace ningún bien. Llevas semanas sin dormir correctamente y te noto muy preocupada y ausente.

—Lo sé, Víctor, lo he intentado, pero es imposible. Este reportaje ya está terminado, después de la publicación hablaré con él.

Víctor tiró de mí para que me levantase y así poder abrazarme bien. Me dio un tierno beso en la punta de la nariz.

—Te quiero, cielo —me susurró.

Me aparté y le miré a los ojos, mientras me ofrecía su seductora sonrisa. Me di cuenta de que en las últimas semanas apenas le había prestado atención, ni siquiera me había acercado a él. El reloj que estaba colgado en la cocina revelaba que tendría que salir camino al trabajo en una media hora, pero sin duda iba a llegar tarde.

Arrastré a Víctor hacia nuestro dormitorio y le hice el amor de la forma más salvaje que recordaba haberle ofrecido en los últimos tiempos.

*

Acudí a la oficina más cansada y sonriente que nunca, donde por fin podría entregar aquel artículo que apenas me había dejado vivir durante las últimas semanas.

Noté una mirada que se clavaba en mi nuca y, cuando me volteé, ahí estaba aquella sonrisa con grandes ojos azules que, por segunda vez, me traía un capuchino doble.

—Estaba seguro de que después de unos días tan duros necesitarías esto.

Vi a Ariadna desde el otro lado echarme una mirada curiosa, pero la ignoré, estaba molesta con ella. Era ella la que tendría que haberme echado un cable en todo este asunto, al fin y al cabo era mi mejor amiga. Sin embargo, ella tenía su cabeza más pendiente de otras cosas y no habíamos hablado desde hacía días.

—Gracias Jordi, la verdad es que anoche no dormí casi nada, pero al menos terminé mi artículo. ¡¡Debes leerlo!! Ahora mismo voy a entregárselo al señor Suárez, pero ya tengo copia de todo.

Jordi se acercó hasta mi oído. Pude oler su perfume y entonces me vino a la cabeza aquel sueño estúpido, se me puso la piel de gallina y mi corazón saltó como loco, como si ese chico que tenía frente a mí fuera a lanzarse a mi cuello y morder hasta arrancar un trozo de carne que hiciera que me desangrara ipso facto. No pude evitar echar una ojeada hacia Ariadna para comprobar lo que me temía, tenía la mirada fija en nosotros con la boca abierta de par en par.

—Ya has terminado el trabajo, hoy es viernes y a las dos se termina la jornada ¿te apetece que te prepare un suculento almuerzo y una copa de vino para celebrarlo? Así podré leerlo tranquilamente.

Me ruboricé y juraría que empecé a tartamudear.

—No sé, Jordi... es que... bueno, no debería, es que...

—Meritxell, no es ninguna proposición indecente. ¡Qué clase de mente perturbada tienes! —Se echó a reír, dejándome aún más ruborizada de lo que estaba—. ¿Crees que podré leer algo aquí?

Eché un vistazo alrededor, como siempre parecía una auténtica casa de locos, era imposible concentrarse en algo. Sonreí y acepté.

—Te lo advierto, Jordi, si tu intención es aprovecharte de mí debo advertirte que estuve años en defensa personal y que soy capaz de tumbarte con un solo dedo —dije, enseñándole mi dedo índice, que aterrizó en su cintura en busca de cosquillas.

Ambos reímos.

—¡¡Pero bueno!! ¿¡Se puede saber qué pasa aquí!? —dijo Ariadna, que venía hacia nosotros con el ceño fruncido y las manos en jarras.

—¿Y tú quién eres? Ummm, me suena tu cara, pero no caigo —dije bromeando, para molestarla.

—¡¡Estupendo!! Viene a la oficina un chiquillo de ojos azules y cuerpo escultural y te olvidas de tu mejor amiga —dijo señalando a Jordi de arriba abajo.

Jordi se echó a reír, divertido por el comentario.

—¡Eres tú la que se olvidó de mí en cuanto encontró a alguien a quien encasquetarle leer mis artículos y acompañarme a mis entrevistas!

—¡Hola! Estoy aquí, ¿recuerdan? —dijo Jordi entre risas. Cogió una pila de papeles amarillentos que había junto a nosotros, se dio la vuelta y se perdió escaleras abajo.

—¡Zorra! —dijo Ariadna entre risas.

—Yo no soy más que un angelito. ¡Ah! Se me había olvidado decirte, ya terminé mi artículo, ¿te apetece leerlo?

Ariadna se dio la vuelta y mientras levantaba la mano en señal de despedida dijo:

—Ja, ja y ja... díselo al musculitos.

Estupendo, otra vez se escaqueaba.

Capítulo 8

Ariadna

Después de un «duro» día de celebraciones, era hora de ponerse manos a la obra. Apenas eran las siete de la mañana y era la primera en llegar al despacho, podría tener algo de tranquilidad en aquella especie de zoológico que llamábamos oficina.

Me decanté por un chocolate de la máquina expendedora que había en el pasillo, me negaba a tomar aquel café que sabía a rayos y centellas. Saqué del único cajón que tenía cerradura de mi escritorio la carpeta que Miguel me había dado el día anterior, dispuesta a leer toda la documentación que me ayudase en aquel caso.

Mi rostro cambió a un auténtico estado de desilusión al ver la reducida información del dossier:

> Violador. Todas las chicas pertenecen a Santa Catalina.
>
> Pequeñas marcas sobre el pecho de sus víctimas con un cuchillo afilado. Seis denuncias cuyo *modus operandi* era el mismo durante los dos últimos años. A la última víctima no la dejó escapar, asfixiándola con almohada u objeto similar y las marcas con el cuchillo se habían extendido por todo el cuerpo.
>
> La última víctima fue encontrada hace cinco meses.
>
> Teléfono del señor Cardona: 688869154.
>
> Dirección: Bar Gaspar - Calle Perojo, número seis (acudir miércoles, once de mayo a las once p. m.)

Había dos fotos de las marcas en el pecho de las víctimas. Cada foto en su trasera tenía puesto un nombre, apellidos y fecha. También había un sobre con más fotos, esta vez todas eran de la misma víctima, Virginia Medina, cuya autopsia estaba detallada en lo que parecía una fotocopia de un informe del forense Ricardo Giraldo.

Había un folio doblado que contenía un pequeño mapa impreso desde Internet con la ubicación de la dirección anotada..., y nada más.

Rebusqué en mi cajón como una loca por si se me había caído la documentación, pero aquello estaba completamente vacío. Santa Catalina se encontraba a cuatro horas en coche de San Antonio, no esperaba tener que desplazarme tanto.

Saqué mi agenda, quedaban cinco días para el día once. Apunté la dirección y la hora de la cita, hice una fotocopia del mapa, que doblé y metí en mi agenda. ¿Con quién tendría que verme? ¿Con el señor Cardona? ¿Y quién demonios era el señor Cardona?

Suspiré y me alegré de que este fuera un caso a largo plazo, porque no sabía por dónde empezar.

Cogí el teléfono y marqué el número:

—Rubén Cardona al habla.

—Señor Cardona, soy Ariadna Betancor, empleada de Miguel Suárez en *Maze News*, me ha dejado su teléfono de contacto.

—Disculpe señorita...

—Ariadna, Ariadna Betancor.

—Disculpe señorita Betancor, no puedo atenderla en este momento.

—Muy bien, señor Cardona, sólo quería que supiera que iré a Santa Catalina pronto, le llamaré para confirmar la cita.

—El señor Suárez me ha hablado de usted, confío en que podrá ser discreta con todo esto. Soy el inspector jefe en la oficina de Santa Catalina, si no tratamos este asunto con cuidado pueden rodar muchas cabezas.

—Descuide inspector, en unos días le llamaré.

Busqué información en Internet acerca de la ciudad de Santa Catalina, hoteles donde poder hospedarme que estuvieran cerca de la dirección que Miguel me había facilitado.

Pude comprobar en los periódicos digitales que salía alguna noticia relacionada con el caso de las violaciones, me extrañé ya que Miguel me había asegurado que este caso estaba bajo secreto de sumario. Apunté todos los datos que podían serme útiles.

La oficina se estaba llenando demasiado de gente y todos parecían querer pararse a curiosear sobre las increíbles imágenes de la ciudad de Santa Catalina que tenía en la pantalla del portátil, una ciudad en plena costa, plagada de playas y cuyo alrededor estaba siempre envuelto de un precioso color verde, sin duda llamaba la atención. Se me había acabado la tranquilidad.

Levanté la cabeza y vi a Jordi y a Meritxell hablando, ella le hacía cosquillas. ¡Esta mujer se ha vuelto loca! No me gustaba que pasase tanto tiempo con ese chico, no me ofrecía confianza y coqueteaban demasiado.

Por un momento dudé si debía hablar con Víctor de todo esto, era mi amiga y él podría evitar un tremendo error. Esperaba que no hubiera una especie de crisis entre ellos. Yo adoraba a Víctor, era un bonachón que, como todo hombre, tenía mil defectos, pero era bueno con Meritxell. No creo que a él le gustase la actitud que ella había tomado con un completo desconocido tras unos días trabajando juntos.

Cerré el portátil y me dirigí con los brazos en jarras a acabar con tanto jueguecito en horas de trabajo. Meritxell me había mirado un par de veces de reojo, quizás pensó que no vi cómo Jordi le susurraba algo al oído. Ella estaba molesta conmigo, lo sabía, pero nada podía hacer, al menos hasta que oficialmente se hubiera cerrado el reportaje del Ascsino del Mordisco.

Capítulo 9

Meritxell

Miguel me pidió que me quedase sentada en su despacho mientras él leía el reportaje... odiaba esto, sabía que era una prueba y preferiría no ver sus muecas o gestos al leer. Sólo quería que me llamase y me dijese que, aunque había hecho un trabajo magnífico, lo mío realmente eran los eventos y que esto no había sido más que para comprobar que realmente podía hacer lo que me propusiera.

Contuve el aliento todo lo que pude, intenté no hacer ruido y no mirar demasiado hacia él. Hasta que por fin cerró el dossier con una amplia sonrisa en su cara.

—Sabía que podía hacerlo —me dijo sin perder su sonrisa.

—Gracias señor Suárez, pero este caso me ha robado casi dos semanas de sueño, por no decir...

—Señora Borges, no le permito que se lamente. Esta es la profesión que usted ha escogido y es usted muy buena en su trabajo.

—Pero...

—Por el momento no le voy a permitir que vuelva a Eventos. Tómese un descanso, elija algo fácil de sucesos para ir pasando la próxima semana. Descanse, digiera el trabajo de estos días y luego ya veremos qué hacemos.

—Muy bien, señor Suárez —dije resignada.

—Magnífico trabajo. —Miguel sacó un sobre del cajón de su escritorio y me lo tendió.

—¿Qué es esto?

—Una compensación por su sufrimiento, a partir del próximo mes lo tendrá incluido en nómina, se merece este aumento Meritxell. —Di un pequeño respingo, él nunca me llamaba por mi nombre—. Gran trabajo. —Y me guiñó un ojo.

—Gracias, señor Suárez.

Salí de su despacho con la cara realmente colorada por la emoción. En el sobre había cuatrocientos euros. ¡Iban a subirme el sueldo cuatrocientos euros! Estaba eufórica, sabía que me había costado horrores, pero también sabía que había hecho un muy buen trabajo a pesar de haberme costado mucho más que cualquier otro que hubiese hecho en mi vida profesional.

Salí de la oficina destino a Sweet Café, dispuesta a ofrecerme un buen desayuno con una gran propina para los responsables de haberme hecho salir adelante cada mañana. Al fin y al cabo, en la oficina no me quedaba nada que hacer por hoy, estaba deseando ver el reportaje que mañana ocuparía seis páginas del periódico. Sentía un pequeño cosquilleo en el estómago y la sensación de orgullo llenaba mi pecho.

Llegué a la cafetería y vi a Ariadna sentada en una de las mesas del fondo, agenda en mano y un listín telefónico en la otra, apuntando algo. Me extrañaba verla allí a esas horas y, sobre todo, sentada al fondo. Nosotras siempre nos situábamos en la barra, sobre todo si veníamos solas, así nos sentíamos acompañadas por Roberto y Virginia. Me acerqué dispuesta a averiguar qué tramaba, pero me vio antes de que llegara a la mesa y cerró su agenda. Juraría que estaba más pálida que hacía tan sólo unas horas cuando la había visto en la oficina.

—¿Estás bien, Ariadna?

—Sí, sí.

—¿Qué andabas buscando en el listín?

—Eh... a... algún sitio romántico para llevar a Gonzalo.

—¿Aún sigues con Gonzalo? ¿Romántico? ¡¿Pero qué me he perdido?! ¿Y cuándo pensabas avisarme de que te ibas fuera de la ciudad? ¡Ese listín es de Santa Catalina!

—Meritxell, ahora tengo que irme, cielo, pero he de contarte muchas cosas —me sonrió mi amiga, parecía algo preocupada.

—Pero, ¿qué ocurre? ¿Estás bien? ¿No estarás embarazada?

Mi amiga soltó una carcajada y rio abiertamente, vi cómo se le relajaba el rostro, pero yo aún estaba preocupada.

—¡Estás loca!

Sabía que esa era una idea estúpida, desde que conocía a Ariadna siempre había sabido cuidarse muy bien en ese aspecto.

—Tienes razón —dije tomando asiento. Mi amiga no me había ofrecido sentarme, pero hacía días que no hablábamos.

—¿A dónde tienes pensado ir?

—No lo sé… —Se quedó pensativa un momento—. A algún balneario, tal vez.

—¿Y cuándo vas a presentarme a Gonzalo?

—Pues ahora mismo si quieres. —Vi cómo Ariadna dirigía la mirada hacia un chico que se acercaba desde un Toyota Auris en color gris metalizado.

Miré hacia ella incrédula, pensé que me estaba tomando el pelo, hasta que comprobé que el chico entraba en la cafetería y se dirigía a nosotras con una sonrisa en los labios, mientras Ariadna se levantaba de su asiento para recibirlo.

—Hola, princesa. —El chico se acercó a mi amiga, la abrazó a la altura de la cintura y le estampó un beso en los labios.

—Hola —dijo la voz más dulce que yo hubiera escuchado nunca, y juraría que salió de la boca de Ariadna. Después de corresponder a su beso, señaló hacia mí—. Ella es mi buena amiga, Meritxell.

—Encantado. —Me ofreció un firme apretón con su cálida mano.

Se puso a hablar algo con mi amiga, pero yo no estaba atenta, lo estaba estudiando de arriba abajo. Examinaba sus largas pestañas, sus pómulos y su barbilla, sus labios y su nariz… era perfecto. Iba vestido algo informal, pero todo parecía nuevo y recién planchado. Olía a loción para el afeitado. Y yo no paraba de sonreír mientras lo miraba, de lo cual me di cuenta al ver la chistosa cara que Ariadna tenía mientras ambos se me quedaban mirando.

Me sonrojé y balbuceé lo primero que se me ocurrió.

—Supongo que tenéis que iros. Encantada de conocerte Gonzalo, otro día os invito a algo para celebrar mi aumento de sueldo.

Ariadna me miró sorprendida y sonrió. Se lanzó a abrazarme.

—¡¡Felicidades!! Ambas sabemos que te lo mereces.

—Gracias, guapa… Bueno, hablamos en otro momento, tengo un hambre que devoro, voy a comer algo.

Gonzalo se me acercó y me dio dos besos, sin soltar la mano de Ariadna, y se perdieron por el pasillo hasta la puerta de salida.

Telefoneé a Víctor, quería darle la noticia, pero no contestaba al teléfono. Así que tomé mi desayuno con la única compañía de las gratas sonrisas de Roberto y Virginia que, como cada mañana, ofrecían lo mejor de la ciudad para degustar un buen desayuno.

Capítulo 10

Ariadna

Tenía que buscar un sitio para pensar, un sitio donde poder trabajar. La oficina en menos que canta un gallo se había vuelto una locura, no podía permitir que nadie metiese las narices en el nuevo caso. Así que me decidí por el lugar donde sabía que no encontraría a ningún compañero de oficina después de las nueve, el Sweet Café.

Cogí prestado el listín del distrito dos, en la ciudad de Santa Catalina, y lo llevé conmigo.

Me senté frente a mi doble expreso con leche condensada, estudiando la documentación de la carpeta que Miguel me había ofrecido, y saqué un folio en blanco.

El violador del distrito dos:

Marcas con cuchillo afilado sobre el pecho, en la última víctima por todo el cuerpo, esta última resultó asesinada.

Seis víctimas en dos años:

1. Elena Morales, veintidós años, febrero de 2009. Teléfono de contacto: 98525447.
2. Yurena Santana, veintinueve años, noviembre de 2009. Teléfono de contacto: 98565987.
3. Noelia Casado, dieciocho años, mayo de 2010. Teléfono de contacto: 98511222.
4. Ruth Velázquez, veinticinco años, octubre de 2010. Teléfono de contacto: 98566985.

5. Ángela Batista, veintidós años, diciembre de 2010. Teléfono de contacto: 98574558.
6. Virginia Medina, veintiocho años, diciembre de 2010.

¡No tenía nada! Pero no me quedaba otra que tener paciencia y demostrarle a Miguel y al resto del mundo que yo podía afrontar algo importante, tal como lo había hecho Meritxell.

Abrí el listín y apunté el teléfono de la comisaría que se situaba en Santa Catalina, cuatro bibliotecas con hemerotecas en la misma ciudad... no se me ocurría nada más, así que me puse a ojear todo el listín telefónico en busca de algo que me sirviera de ayuda, tras lo cual apunté el teléfono del Hospital General.

Me sentía ilusionada, pero al mismo tiempo algo frustrada, pensé que tendría algo más sobre lo que trabajar. Rasqué mi cabeza y de soslayo vi a Meritxell venir hacia mí con una sonrisa en los labios. Me dio el tiempo justo para cerrar la agenda y el listín. En apenas unos minutos llegaría Gonzalo a buscarme para irnos a nuestro fin de semana de retiro en una casa rural, necesitaba descansar y despejarme antes de afrontar un caso tan importante.

Capítulo 11

Meritxell

Acababa de sentarme frente a la barra, con un gran sándwich que estaba delicioso, dispuesta a tomarme el día con mucha calma hasta las dos que había quedado con Jordi.

Sonó mi móvil al segundo sorbo de café, parecía de la oficina.

—Meritxell Borges al habla.

—Meritxell, ¿dónde te has metido?

—¿Señor Suárez? Pues he venido a tomarme un café.

—Necesito que estés aquí en menos de un minuto.

Enseguida.

Me levanté de la banqueta apurando mi café y dando un primer y último mordisco a mi desayuno. Dejé un billete de veinte euros encima de la barra, mientras decía adiós con la mano a la cara de pasmarote de Virginia al ver que no iba a esperarme por la vuelta. Colgué el teléfono y salí corriendo.

Tardé aproximadamente siete minutos en estar frente a la puerta del despacho de mi jefe, tenía el pelo alborotado por el viento y estaba asfixiada por haber estado corriendo. Toqué y pasé sin esperar a que me diera permiso.

—Ya estoy aquí.

—Señora Borges, acaban de darme un soplo. Hay una nueva víctima del Asesino del Mordisco.

Palidecí por completo, pensé que esa pesadilla se había terminado.

—¿Qué?

—Por favor, no se quede ahí clavada. Necesito que coja a alguien que pueda ayudarla y vaya a esta dirección. —Me ofreció un trozo de papel—. Pregunte por el inspector Alvarado, él ya estará allí y seguro que le deja fotografiar lo máximo que sea permitido de la escena y le da algo de información útil que podamos ofrecer en nuestra tirada de mañana. ¡¡Póngase las pilas!!

No podía reaccionar, no podía creer que tuviese que ver en carne y hueso a una víctima de aquel depravado. Me eché a temblar sin mover un ápice de mi cuerpo. Miguel rodeó su escritorio y me agarró por los hombros, mirándome a los ojos.

—Meritxell, confío en usted, puede hacerlo y lo sabe. No me defraude.

—De acuerdo... —dije, no tan convencida como él.

—Por favor, no pierda más tiempo.

Salí del despacho y corrí escaleras abajo hasta el sótano. Agarré a Jordi del brazo y lo arrastré tras de mí.

—¿Pero se puede saber a dónde me llevas?

—Te necesito.

—¡Meritxell!

—¡Dios! No seas mal pensado, tienes que venir conmigo, necesito ayuda. ¿En cuánto eres capaz de llevarme a la tercera con la dieciocho?

—Pero... pero...

—¡Espabila!

—Como muy rápido en diez minutos y si no hay tráfico, cosa que dudo.

—¡Vamos!

Estuve temblando todo el camino, totalmente pálida. Ahora agradecía no haberme terminado aquel desayuno, porque tenía unas tremendas náuseas. Jordi me miraba preocupado y no dejaba de hacerme preguntas, yo era incapaz de contestar a ninguna de ellas.

Preparé la cámara de fotos, la grabadora de voz y saqué una libreta de mi bolso, abierta por una página nueva, bolígrafo en mano, preparada para salir corriendo según llegásemos.

—¡Por favor, Meritxell, dime qué ocurre!

—Es el Asesino del Mordisco, hay otra víctima.

Jordi aceleró el coche y tardó como dos minutos más en llegar a la dirección que me había facilitado Miguel. Cuando llegué había un silencio sepulcral, había dos coches de policía aparcados al final de la calle. El portal estaba abierto. Salí del coche y Jordi dio un grito, había disminuido la velocidad pero no había parado el vehículo por completo.

Subí corriendo las escaleras. Había dos agentes en la puerta y les pregunté por el inspector Alvarado.

Aún no me explico cómo, pero me dejó entrar y, lo mejor, no vomité ni tuve arcadas. Me puse tras el objetivo a sacar fotos de todo el escenario. Me pidieron que las hiciera desde la puerta, no podía pasar al dormitorio donde estaba la víctima para no contaminar las pruebas.

Abrí la libreta y escribí: «Cambio de *modus operandi*, esta vez entra en un hogar. Posible violación, varios mordiscos desfiguran el rostro de la víctima». Se me revolvió el estómago y me quedé mirando a aquella chica de unos veintiséis o veintisiete años, no quería desmoronarme, no podía, no iba a defraudar a Miguel y yo sabía que podía afrontar este caso, sólo me faltaba experiencia y algo de estómago.

Oí a Jordi en la puerta hablando con los agentes y le pedí al inspector Alvarado que le dejasen pasar hasta donde yo estaba. Le dije que no tocase nada y le di la cámara a él, mientras yo le hacía algunas preguntas a los forenses que estaban allí trabajando.

—Meritxell, venga conmigo un instante. —El inspector Alvarado parecía muy preocupado. Me llevó con él hasta la cocina del apartamento, donde no había nadie—. Esto ha dado un brutal giro a la investigación, pensábamos que tan sólo atacaba en la calle, pero ahora ha entrado a un hogar, ¿cómo voy a proteger a las mujeres en sus propias casas? El asesino evoluciona.

—Señor Alvarado, ¿quién es la víctima?

—Se trata de Vanessa Meyer, apenas tiene veintiocho años. Trabajaba en Home Seekers, una agencia inmobiliaria que se encuentra a unos diez minutos de aquí. Ahora estamos intentando localizar a su exmarido. Trabajaban juntos, son socios junto a Roberto Sosa en la agencia y hoy no ha aparecido por el trabajo.

Apuntaba como una loca, me sentí por un instante una detective, intentando esclarecer los hechos de un caso.

—¿Cómo se llama su marido?

—Gonzalo Jiménez Arce, no sabemos si le ha ocurrido algo a él también, pero debemos localizarlo para hacerle algunas preguntas. No podemos descartar a nadie como sospechoso.

—¿Quiere que publique un «Se busca»?

—No, no... no queremos que se asuste, sólo que colabore con nosotros, pero podría dar un aviso para solicitar que todas las personas que conozcan a la víctima sean de gran ayuda en la investigación, y que es muy importante que localicemos a su exmarido para entrevistarlo sobre las costumbres de Vanessa. Seguramente el asesino tuvo que espiarla durante días para saber cuándo sería más vulnerable a un ataque.

—¿Puedo publicar alguna foto de su exmarido?

—Si quiere puede ir con el agente Alexander hasta su piso, no está lejos de aquí. Tenemos una orden de registro, puede que esté dentro y que le haya ocurrido algo, sus compañeros dicen que es muy extraño que no apareciese hoy por la oficina y que últimamente está algo raro, distraído y ausente. Es posible que allí consiga alguna foto o algo que le pueda servir.

—¡Estupendo! Muchas gracias por su colaboración, inspector Alvarado. —Le ofrecí un apretón de manos.

—Meritxell, sabe que esto lo hago por Miguel, fuimos a la escuela juntos y prácticamente le debo mi vida. No debería filtrar esto a la prensa tan pronto. Sobre todo le pido que sea cauta, no quiero un ataque de pánico generalizado. Dios, tengo un terrible dolor de cabeza, mataría por un calmante... ¡Alexander! —Se dirigió al agente que pasaba por delante de la puerta.

—¿Si? —Asomó la cabeza, era un joven de unos veintidós o veintitrés años.

—Por favor, acude con Meritxell y su compañero al piso de Gonzalo Jiménez, facilítale una foto suya y responde a sus preguntas.

—Sí, señor.

Avisé a Jordi, que andaba mirándolo todo. Se había colado en el dormitorio donde estaba la víctima y había hecho fotos de los mordiscos, de las marcas que tenía en el cuello y de todo aquello que creyó interesante.

—¡Estás loco! Nos han prohibido expresamente entrar aquí, ¡van a matarnos! —Le agarré de la mano y le arrastré hasta la puerta de salida, donde ya nos esperaba el agente Alexander.

Segunda parte:

El Violador del distrito dos

Capítulo 12

Ariadna

El camino en coche hasta la casa rural se me hizo algo largo, me moría de ganas de besar a Gonzalo, estaba guapísimo.

Bajé el parasol de mi lado del coche y me miré en el espejo, mi maquillaje estaba perfecto y mi pelo se veía brillante y bonito, en bucles que caían sobre mis hombros. Me puse mis gafas de sol y degusté otro bombón de una espléndida caja que Gonzalo había puesto en su coche, en el asiento del copiloto, con un gran lazo de color morado y una tarjetita en la que se podía leer: «Espero que este sea el comienzo de un fin de semana muy dulce».

Sonreí al leer de nuevo el texto y cogí otro bombón que metí en la boca de Gonzalo, fue el final del trayecto, habíamos llegado a nuestro destino.

La casa era pequeña y acogedora, más que una casa rural parecía de lujo. Tenía bonitas cortinas en color negro y morado, a juego con el sofá y las butacas, y una alfombra enorme de color negro en el suelo. Me descalcé para no pisarla con mis zapatos sucios por la tierra húmeda de la entrada. Hacía mucho frío y Gonzalo lo primero que hizo fue dirigirse a la chimenea a encender el fuego.

Anduve investigando por la pequeña cocina, no muy rural (placa eléctrica, horno, microondas, lavaplatos, cafetera eléctrica monodosis, lavadora y secadora). Sonreí, intuí que Gonzalo no tenía ni idea de qué era pasar un fin de semana en el campo.

Hice un par de cafés, en algo así como un minuto, y fui hasta donde estaba él para ofrecerle uno.

Empezó a sonar una cancioncilla justo a mi lado, era el móvil de Gonzalo desde un número que no aparecía identificado. Lo cogí y corrí hasta donde se encontraba él para alcanzarle el teléfono.

—Ah, no... nada de llamadas hoy, me he tomado el día libre. —Rechazó la llamada y apagó el teléfono.

—¡Genial! Voy a hacer lo mismo, no sea que vayan a llamarme ahora para un preestreno de última hora que tenga que cubrir. —Reí, irónica, mientras tiraba mi teléfono apagado encima del sofá.

—¿Pero no te habían pasado a sucesos?

—Bueno, oficialmente no. Me han dado una oportunidad para hacer una investigación, pero digamos que debo hacerlo en mis horas libres. Oficialmente soy periodista de eventos. Aquí Ariadna Betancor informando para *Maze News*. —Agarré el móvil como si fuera un micrófono—. Nos encontramos en una espléndida casa rural, donde está a punto de elevarse la temperatura hasta límites insospechados, se producirá una explosión de pasión...

Gonzalo se encontraba de rodillas en el suelo, acababa de encender el fuego y ya se notaba el calorcito tan agradable que producía aquella chimenea. Me agarró por la cintura y me hizo caer encima de la alfombra, donde nos fundimos en el primero de un sinfín de besos que nos daríamos los próximos dos días.

—No sabía... —beso— que... —beso— salías por... —beso— la televisión... —beso.

Sonreí.

—No salgo, tonto, soy periodista para *Maze News*.

—Con que te estás burlando de mí, ¿eh? —Me inmovilizó en el suelo y comenzó a hacerme cosquillas—. Te mereces un buen castigo.

Se acercó hasta mi cuello y lo besó suavemente, haciendo erizar cada poro de mi piel. De pronto tenía mucho calor. Ya no pude decir ni una sola palabra más, nos fundimos encima de la alfombra de aquella casita: dos veces, y luego una en la cama, donde nos quedamos dormidos hasta la mañana siguiente.

Capítulo 13

Meritxell

El piso de aquel hombre era cuatro veces mi casa, enorme, con grandes cristaleras, muy iluminado. No había rastro de hijos o mascotas allí. No tenía muchas cosas, pero la decoración era bonita, quizás le faltaba un toque femenino pero no era el típico piso de soltero. Parecía todo inmaculado, hasta que llegamos a una habitación que parecía una especie de despacho, con una librería y una mesa con un ordenador portátil.

Estaba completamente lleno de papeles por todas partes, libros tirados, algo de ropa colgada por ahí y una bicicleta estática que sin duda alguna se había convertido en su perchero favorito.

Sorprendía ver aquella habitación, no tenía nada que ver con el resto de la casa. Jordi sacó algunas fotos al piso: del salón, la cocina y aquel despacho.

—Jordi, no debemos publicar fotos de esta casa, estamos aquí como un favor del inspector Alvarado.

Me sonrió y me guiñó un ojo.

—Tranquila preciosa, sólo me cubro por si resulta que este tipo es el asesino en serie más buscado de las últimas semanas.

Según Jordi terminaba su frase, mi cara palideció al ver una foto que estaba en un portarretratos al lado del ordenador. La cara de ese chico me sonaba increíblemente, y estaba abrazado a ¡Ariadna! ¡Oh, Dios mío! Yo había visto a ese hombre hacía unas horas frente a mí, junto a mi amiga.

Jordi se percató del susto de mi rostro y miró en la misma dirección que yo, quedándose petrificado.

Saqué el móvil y marqué el número de Ariadna, estaba apagado. Llamé a mi jefe.

—Dígame, señora Borges, ¿cómo lleva el reportaje? ¿Todo bien?

—Señor Suárez, por favor, necesito que me diga si Ariadna se encuentra en la oficina, no me coge el móvil.

—Espere un segundo. —Tardó cinco minutos que se me hicieron interminables—. No, no está aquí, en eventos me comentan que se ha tomado el resto del día libre, iba a ir a algún sitio...

—Señor Suárez —lo interrumpí—, estoy en casa del exmarido de la víctima con el agente Alexander y con Jordi.

—¿Quién es Jordi?

—Jordi es el nuevo, lleva un mes en la oficina, pero el caso es que... Dios mío, estoy frente a una foto de Ariadna con ese nuevo novio que tiene, es el exmarido de la víctima. Él no ha aparecido por el trabajo hoy y casualmente los vi hace unas horas en Sweet Café, salían juntos hacia alguna parte. No contesta al teléfono.

—Meritxell, quiero que llame al inspector Alvarado y le explique lo ocurrido. Coja esa foto con el permiso del agente de policía. Voy a intentar localizar a Ariadna.

El agente Alexander respondió algunas preguntas que hizo Jordi, yo estaba hecha un mar de nervios, sin embargo apuntaba cosas sin cesar en mi libreta. Miré alrededor e intenté encontrar algo que me dijera dónde se habían dirigido, pero allí no había nada.

Capítulo 14

Ariadna

Gonzalo había estado acariciando mi pelo aproximadamente unos quince minutos sin abrir la boca ni una sola vez. De vez en cuando posaba un beso en mi frente, o se acercaba a oler mi cabello y seguía acariciándome. Estuve a punto de quedarme dormida, allí abrazada a su cuerpo desnudo, tapada con aquella enorme manta de color vino de una textura realmente suave.

—¿Y bien? ¿Piensas contarme algo sobre ti?, apenas sé cuánto mides. —Rompí el silencio.

No sé… ¿por dónde empiezo?

—¿Dónde trabajas?

—¿En serio? ¿Aún no te he dicho dónde trabajo? —Sentí su sonrisa y me besó nuevamente en la frente—. Pues trabajo en una inmobiliaria llamada Home Seekers. Soy dueño en copropiedad con dos socios, Roberto Sosa y Vanessa Meyer. Por el momento, no me puedo quejar de los beneficios que obtenemos.

—¡Qué pelma! ¡Me acuesto con un aburridísimo agente inmobiliario! —Reí mientras sentí un golpecito en la espalda—. Ahora entiendo cómo tienes ese precioso piso que apenas me has dejado pisar.

—Pues vivo ahí hace tan sólo unos meses, pero trabajar en Home Seekers me sirvió de ayuda para encontrar esa especie de palacio, sí.

—¿Dónde vivías antes?

—En un piso más pequeño, en la otra punta de la ciudad.

—¿Y por qué te mudaste?

—Bueno... señorita periodista —dijo, parecía algo incómodo por recibir tantas preguntas—. Resulta que vivía con alguien, y decidimos que no queríamos seguir conviviendo.

—¿Tú? ¿Compartiendo piso? —dije sorprendida. Parecía muy maniático con sus cosas, no me lo imaginaba en el típico piso de estudiante.

Gonzalo me apartó un poco y se dedicó a mirar mi pecho desnudo, por lo que agradecí enormemente que aún se mantuviera en su sitio. Lo recorrió largo rato con la mirada antes de hacer que me apoyara suavemente sobre la almohada. Se colocó encima de mí y me ofreció un largo beso para hacerme callar.

—Eres preciosa —me susurró en un parada que hicieron sus labios antes de llegar a mi cuello.

Ya no pude hablar más, qué me importaba a mí si vivía en una comuna de hippies, o quizás con alguna novia o algún rollete... me daba exactamente igual, sólo quería que aquellos labios me recorrieran todo el cuerpo, exactamente como había comenzado a hacer...

Sentí su lengua caliente rodear mi ombligo minutos antes de aterrizar algo más abajo, momento en que pensé que realmente iba a enloquecer de placer. A punto de llegar al clímax, se colocó encima de mí con un lento y fuerte movimiento de su pelvis que me hizo estremecer.

—Te quiero, Ariadna —sentí que decía muy bajito junto a mi oído, tan bajito que pensé que lo había imaginado.

Intenté recobrar el aliento mientras él se colocaba a mi lado, abrazándome.

—¿Qué has dicho? —logré preguntar, con voz temblorosa, temiendo la respuesta.

—Te quiero —me dijo esta vez con voz firme y alta, mirándome directamente a los ojos.

—No sé qué decir, nadie me ha querido nunca antes.

—Pues no es necesario que digas nada, y dudo que ningún ser humano se hubiera enamorado perdida y locamente de ti antes que yo.

Sentí un pellizco en la boca del estómago, que jamás había sentido, y unas cosquillas que erizaron cada espacio de mi piel. Me acerqué a él y le di un suave beso en los labios.

Nos colocamos de lado, frente a frente el uno del otro y me quedé observando las perlas que tenía por dientes en aquella sonrisa que me reconfortaba y me planteé, por primera vez en mi vida, si realmente aquel hombre había robado mi corazón.

Capítulo 15

Meritxell

En aproximadamente media hora, Miguel se había presentado en el piso de Gonzalo. La policía nos había puesto en la puerta a los tres, ya que como favor nos habían dejado estar ahí para estar informados pero al fin y al cabo era una investigación de asesinato y no podían permitir que estuviésemos toqueteando y dejando huellas nuestras por todas partes.

El inspector Alvarado corría como loco de un lado a otro de la habitación, con el teléfono en la mano. El fiscal estaba presionándolo para cazar al asesino, estaba cambiando su *modus operandi* y esto podía afectar gravemente a la resolución del caso. La amabilidad que solía transmitir se había ido al garete, su cara estaba completamente encendida y no paraba de gritar a los agentes.

—Por favor, Miki. —Se dirigió a Miguel. Supuse que debido a la confianza que tenía con mi jefe no lo había echado a patadas—. Te pido por favor que os vayáis, no puedo permitir que husmeéis por aquí. Es un caso importante y ahora en cierta forma os veis involucrados. No hagáis que cunda el pánico, te lo pido.

—¡¡Tony!! Una de mis mejores periodistas ha desaparecido con ese hombre, no me voy a despegar de vosotros hasta que me digáis que está a salvo.

Me sorprendí por lo que esto estaba afectando a Miguel y me alegró saber que tendría a alguien que me ayudaría a buscar a

Ariadna. No había parado de llamarla en las últimas dos horas, pero no había forma.

La policía había localizado el número de teléfono de Gonzalo, y también lo tenía apagado, habían abierto una urgente investigación sobre él. Pero nada había, tenía un expediente completamente inmaculado. Estaban poniendo su casa patas arriba y lo peor es que habían pedido una orden de registro para el piso de Ariadna.

¡Dios mío! Los padres de Ariadna se habían mudado hacía dos veranos a Luxemburgo y ella no tenía familia aquí, yo era su amiga y ejercía de hermana. Aquel maníaco podría haberla secuestrado. ¿Qué debía hacer? ¿Era muy pronto para avisar a sus padres? Quizás había ido a visitarlos con su nuevo novio, parecía que este iba en serio. Durante los últimos tres años, Ariadna no había estado con el mismo hombre más de tres días seguidos y con Gonzalo llevaba mucho tiempo.

Jordi se había sentado en las escaleras de acceso al piso y parecía estar tecleando algo en su portátil. Miguel volvía, algo pálido, y me pidió que lo acompañase. Mi compañero se quedaría tomando anotaciones que prometió que luego me pasaría.

Así que me subí en el Honda Civic de color rojo de mi jefe.

—¿Se encuentra bien, señor Suárez?

—No, la verdad es que no.

—Esté tranquilo, encontraremos a Ariadna sana y salva. Estaba pensando en telefonear a sus padres, por si ella había ido a presentarles a su novio. —Miguel me miró con una expresión un tanto extraña.

—Señora Borges, le pido que no me haga preguntas, pero voy a llevarla a unos sitios que sé a ciencia cierta que Ariadna suele frecuentar.

Cerré la boca y pensé en cómo Miguel podía tener esa clase de información, pero al fin y al cabo era periodista y nosotras sus empleadas. Así que hasta cierto punto me pareció lógico.

Desde las cuatro hasta las ocho de la tarde recorrimos sitios de lo más variopintos: pasando por bares, restaurantes, parques, hoteles... pero no había rastro de mi amiga.

—Señor Suárez, creo que estamos sacando esto de contexto. Seguramente estará divirtiéndose con Gonzalo. —Él estaba más turbado aún—. ¿Quiere usted tomar algo? Ha cogido muchos nervios, quizás le sentaría bien una infusión.

Miguel hundió la cara entre sus manos, cuando se destapó me pareció que había envejecido de repente.

—Tú no lo entiendes.

—No hay ninguna prueba de que Gonzalo sea el asesino, ni siquiera sería sospechoso si estuviese aquí, verdaderamente no encaja con el perfil... —Lo dije más por tranquilizarlo que otra cosa, puesto que no sabía absolutamente nada de aquel hombre.

Sonó su teléfono móvil y ambos nos sobresaltamos. Recé por un segundo para que fuese Ariadna, aunque no tenía ningún sentido que telefoneara a nuestro jefe. Tuve la esperanza de que se hubiera metido en algún lío del trabajo y sólo él pudiera ayudarla.

—¿Qué ocurre? —Miguel escuchó durante aproximadamente un minuto algo que yo no pude entender desde donde me encontraba—. No te preocupes Tony, no habrá problema. —Escuchó nuevamente—. Iremos a comisaría ahora mismo... lo sé, lo sé... no te preocupes, es tu trabajo.

Cuando mi jefe colgó la llamada, respiró hondo.

—¿Qué ocurre?

—El inspector Alvarado me ha pedido que no saquemos todavía la noticia de este último asesinato. Está intentando encajar piezas y ahora mismo no podría soportar a la prensa encima. Debe pensar estratégicamente cuáles serán los siguientes pasos que dará.

—Entiendo, aun así dejaré todo el reportaje preparado esta noche. En cuanto usted me dé la orden, lo envío a imprenta...

—Otra cosa. —Me interrumpió—. Quieren interrogarte. Conoces a Ariadna y esta mañana estuviste con ellos. Necesitan saber más.

—Pero yo no sé más. —Palidecí de miedo. ¿Cómo diantres me había metido en este lío?

—No te preocupes, es simple rutina. Seguro que puedes decirles algo que resulte útil. —Asentí, no muy convencida, mientras él ponía en marcha el motor del vehículo—. Te acompañaré. ¿Quieres telefonear a Víctor y advertirle que vas a llegar tarde?

En lugar de llamar a mi esposo, tecleé un mensaje de texto que no tenía claro cuándo leería. Era un auténtico experto en perder su teléfono móvil y que apareciese de pronto en sitios de lo más extraños.

Estuve en silencio todo el trayecto, pensando en todo lo acontecido durante el día. Saqué la pequeña libreta de mi bolso, donde no había dejado de apuntar todo lo que se me ocurría. Le eché un vistazo y agarré el bolígrafo dispuesta a aclarar mis ideas. Garabateé algo, hasta que el movimiento del vehículo, con la concentración de escribir, me provocó cierto mareo. Cerré los ojos y apoyé la cabeza en la ventana, donde me quedé dormida durante diez minutos, hasta llegar a nuestro destino.

El inspector Alvarado y el agente Alexander Hernández se encontraban esperándome en una pequeña sala. Tenía la piel erizada por el frío y la boca seca por los nervios, aunque una sonrisa de aquel joven agente me transmitió algo de tranquilidad. Respiré hondo. Odiaba la comisaría, siempre me daban pesadillas cuando estaba aquí.

Para cuando llegué a casa, Víctor estaba dormido. Me dirigí a la cocina a prepararme alguna infusión relajante mientras con el móvil en la mano no dejaba de telefonear a mi amiga, cuyo aparato seguía apagado.

—¡Maldita sea! ¡Pero dónde se habrá metido!

Decidí dejarle un quinto mensaje en su buzón de voz, por si acaso no escuchaba alguno de los cuatro anteriores que le había dejado a lo largo del día.

Capítulo 16

Ariadna

Sin duda alguna este había sido el fin de semana más bonito y romántico que había pasado en toda mi vida. Aunque siempre había jurado que no dejaría que ningún hombre traspasara mi pecho y llegara a mi corazón, él lo había conseguido. No sabía cómo ni cuándo, pero me había enamorado de aquel chico, de nada servía ya negarlo.

Me daba pena abandonar aquella casita «rural» en la que habíamos pasado dos días desconectados del mundo. Me acerqué por detrás a Gonzalo, que metía las últimas prendas de ropa en la maleta, y lo abracé.

—Te quiero, Gonzalo.

Aquel atractivo hombre se giró sobre sí mismo, me ofreció una seductora sonrisa y me compensó con un beso en los labios.

—Te quiero.

Estuve todo el camino muy callada. Gonzalo se había ofrecido a llevarme hasta Santa Catalina, tenía allí una casa que le habían entregado para su venta y que podía utilizar los días que hiciera falta. Quería pedirle que se quedara conmigo durante la semana que, como mínimo, debía pasar en Santa Catalina para mis investigaciones sobre el violador que me había encomendado Miguel. No quería que se alejase de mí, temía volver y que él ya no estuviese, que todo se hubiese terminado, que este sueño se hubiera volatilizado. No sabía cómo pedírselo, al fin y al cabo era demasiado pronto, hasta yo lo sabía aunque no había tenido una relación seria en mi vida. Algo me decía que engancharme de aquella forma no era bueno para ninguno de los dos.

Por algún motivo recordé la conversación del día anterior.

—¿Has roto hace poco con alguna novia?

—No sé si es lo mismo, pero estoy divorciado. —Me sorprendí, Gonzalo era muy joven y me sentí algo celosa de que esas manos y esos labios pertenecieran legalmente a otra mujer antes de haber llegado hasta mí—. Siento no habértelo dicho antes. Mi exmujer es una de mis socias de la inmobiliaria y lo que menos desearía en el mundo es que te sintieras celosa de ella, pues estamos divorciados de mutuo acuerdo y somos grandes amigos.

—¿Hace mucho que estáis divorciados?

—Legalmente el divorcio apenas hace dos meses que lo tenemos. Aunque llevamos cerca de seis meses separados...

—No quiero separarme de ti —le interrumpí.

—Cielo —sonrió—, acabamos de empezar una bonita relación. Lo menos que pretendo es separarme de ti, ¿por qué iba a hacerlo?

—No me refiero a eso, quiero decir que no quiero que me dejes en esa casa hoy y desaparezcas, no te vayas.

Gonzalo me echó una sonrisilla de medio lado mientras paraba el coche frente a la casa donde pasaría los próximos días. Se me quedó mirando un rato e inexplicablemente yo sentía un fuerte nudo en el estómago que no me dejaba respirar con normalidad.

—Lo siento preciosa, me encantaría. No me gusta dejarte sola aquí, sé que no conoces a nadie en Santa Catalina, pero tú tienes mucho trabajo que hacer y yo también. Si no has vuelto el fin de semana, vendré a verte.

Mi sonrisa se apagó, pero él tenía razón. Si se quedaba a mi lado yo no podría concentrarme en el trabajo, no podría despegarme de él y sería un auténtico desastre de investigación. Pasados unos segundos volví a sonreír y le di un largo beso.

—Llámame en cuanto llegues a casa —le pedí.

—Claro, cielo, no te preocupes. —Volvió a besarme antes de que me bajara de su coche. Esperó a que cogiera mi bolso y mi maleta de viaje y desapareció carretera abajo.

Suspiré antes de volverme. Aquella no era una casa cualquiera, que cualquier desconocido quisiese vender. Era enorme, su fachada parecía recién pintada en tonos ocres y marrones. El aluminio de puertas y ventanas parecía completamente nuevo. Una vez pasada la verja de entrada, pude observar un pequeño jardín donde se encontraba un columpio frente a lo que parecía un auténtico arsenal para barbacoas.

Disponía de un garaje. Tres escalones separaban el camino de la puerta principal de entrada a la casa. Mi asombro no disminuyó al pasar dentro. Cuando Gonzalo me dijo que tenía un sitio donde podría quedarme unos días para no tener que costearme un hotel, pensé en una casucha abandonada en mitad de la nada, donde tendría que dormir a ras del suelo... estaba realmente equivocada, no le faltaba un detalle al gran salón que había frente a mí. En una primera ojeada vi un televisor de plasma frente al sofá más grande que yo hubiese imaginado en mi vida, de color verde, al igual que las cortinas que cubrían la ventana del iluminado salón.

A mano derecha se encontraba un acceso a una cocina completamente equipada, donde había una mesa de comedor para unos doce comensales. Hacia el lado izquierdo había unas escaleras que daban al piso superior, en el que había varias habitaciones, entre ellas, una donde una enorme cama apenas ocupaba la cuarta parte de la estancia, y había un pequeño lavabo dentro.

Para mi sorpresa, al fondo del pasillo había un gran cuarto de baño con lo que parecía una pequeña bañera con hidromasaje... mi boca se abrió casi hasta el piso, no querría irme de aquí ni en una semana y probablemente tampoco en un mes. Era el sitio más bonito que hubiese visto en mi vida.

Bajé hasta la cocina y comprobé con cierta decepción que la nevera y la despensa estaban vacías, lógico por otra parte ya que allí no vivía nadie. Cogí el listín telefónico que aún se encontraba dentro de mi bolso y busqué una empresa de alquiler de coches. Busqué mi teléfono móvil, pero no se encontraba allí. Supuse que Gonzalo lo había metido en mi maleta de viaje.

La agarré y subí hasta el dormitorio. Coloqué unas cuatro mudas que había elegido para los días que pasase en Santa Catalina, con un par de zapatos de un tacón inigualable... debí coger otro par más cómodo, el trabajo de investigación no sería tan sencillo como lo era cubrir un evento, tendría que patear calles... ya me compraría alguno.

Quité los productos de aseo que había traído conmigo y saqué la ropa sucia que había usado durante el fin de semana para meterla en la lavadora en cuanto volviese de comprar detergente del supermercado, si es que encontraba alguno. En aquella maleta no quedaba nada más.

Volví a bajar las escaleras y cogí mi bolso, que vacié completamente encima de la mesa de la cocina... ni rastro del móvil... no podía creerme que hubiese dejado el teléfono en la maleta de Gonzalo, o peor, en la casa rural.

Me dirigí al maletín del portátil y el cargador del teléfono se encontraba en un bolsillo interior, pero el móvil en sí no estaba allí. Tampoco estaba el módem USB para el portátil, pero no estaba segura de haberlo cogido en casa.

—¡Magnífico! —ironicé.

Agarré el bolso, me aseguré de poner dentro las llaves de aquella casa y me di una vuelta por el resto de la estancia hasta que llegué al garaje. Había una moto aparcada, con la llave puesta, parecía haber una nota colgada del manillar: «Gonzalo, como me pediste he mandado traer tu moto. Me debes treinta pavos por el trayecto de la grúa. Un abrazo, Vanessa».

No había cogido una moto en mi vida, pero supuse que podía aprender. Gonzalo lo había preparado todo para que no necesitase absolutamente nada, en cuanto hablase con él aquella noche se lo agradecería... ¡¡pero cómo iba a hablar con él!! No tenía mi teléfono y no recordaba su número de memoria... suspiré decepcionada, imaginé que él no se daría cuenta de que había dejado mi teléfono atrás y hasta el fin de semana no podría acercase a verme.

Me subí encima de aquel trasto después de ponerme un casco de color negro que había colgado en el manillar. Salí del garaje con aquel inestable vehículo en busca de un supermercado donde poder surtirme, estaba hambrienta. Además necesitaba encontrar algún sitio donde comprar un teléfono y un módem nuevo para mi ordenador.

Capítulo 17

Meritxell

Abrí los ojos y noté que tenía los brazos inmovilizados. Estaba completamente oscuro, pero podía intuir que una cuerda rodeaba mis manos apretándolas demasiado, sentía un horrible hormigueo que me había despertado.

Tenía un fuerte dolor de cabeza y mucho frío, pude advertir que estaba completamente desnuda. Intenté forzar la vista para averiguar dónde me encontraba.

—¿Hola? —Pensé que había gritado, sin embargo no fue más que un susurro lo que salió de mis labios

En el acto se encendió una luz. Estaba en un apartamento desconocido, encima de una enorme alfombra de color negro que olía a perfume, perfume de hombre, diría que reconocía ese olor. Con manos y pies atados no podía mover un ápice de mi cuerpo.

Vi llegar a aquel chico que acababa de conocer hacía apenas unas horas en un bar, no recordaba bien su nombre, quizás era Esteban, Ezequiel, Samuel… no lograba recordarlo. Me sonrió y se aproximó, se tumbó detrás de mí y acarició mi pelo mientras acercaba su boca a mi omoplato, donde sentí que mordía suavemente mi piel dejando pequeñas marcas por toda mi espalda hasta llegar a la altura de mi cintura. Giró mi cuerpo hasta que me quedé boca arriba, se las ingenió para abrir mis piernas a la altura de los muslos aun teniendo los tobillos amarrados y sentí cómo mordía muy suavemente mis piernas, hasta llegar a mi ingle. Sentí sus manos explorar mi sexo y pronto su lengua aterrizó junto a ellas... por momentos su lengua se movía rápidamente y de pronto aprecié suaves mordiscos alrededor de la zona.

No podía hablar, y tampoco gritar, cerré los ojos muy fuerte pues, aunque su lengua acariciaba de una forma suave, sus dientes cada vez apretaban más y más, no entendía cómo pero sentía placer y dolor al mismo tiempo.

*

Oí mi teléfono móvil y salí de aquella horrible alucinación. Pensé que todo esto se había terminado, pero seguía teniendo esos extraños sueños que odiaba y que intuía no dejarían de torturarme tan fácilmente.

Me costaba reaccionar, oía el teléfono pero no alcanzaba a cogerlo. Agité la cabeza, intentando borrar esa efigie de mi mente, y juraría que ese chico al que se supone que acababa de conocer se parecía mucho a Jordi. Pasaba demasiado tiempo junto a él y estudiando este caso que estaba a punto de desquiciarme, tenía todo el tiempo rondando en mi cabeza imágenes terribles que se habían mezclado con mi vida convirtiéndola en una pesadilla.

Por fin alcancé el aparato.

—¿Diga?

—Meritxell, soy yo, llevo casi media hora llamando a la puerta de tu casa. ¿Se puede saber dónde te has metido?

—¿Jordi? —Mi cuerpo tembló.

—¡Sí, soy yo! ¡Quieres espabilar!

—Disculpa Jordi, me he quedado dormida. Enseguida te abro la puerta.

—¿Dormida? ¿Tienes idea de qué hora es? ¡Meritxell! ¿Tienes idea acaso de lo importante que es esto?

—¡Dios, Jordi! ¡No me sermonees! Enseguida salgo.

Colgué la llamada sin dejarle tiempo a responder. Ya había dejado de temblar, aquello no era más que una pesadilla y mi compañero de trabajo esperaba por mí para poder continuar con un caso en el que me había ayudado mucho debido a que yo, y tan sólo yo, se lo había pedido.

Suspiré, me coloqué las zapatillas y fui a abrirle la puerta a un boquiabierto Jordi. Para cuando pude averiguar el porqué de su expresión, era tarde para tapar aquel escueto y transparente pijama carente de ropa interior debajo. Mis mejillas se encendieron como dos hogueras, recé para que pronto se fijara en mi cabello alborotado y el horror no le permitiera mirar a ningún otro sitio.

—Pasa Jordi, lo siento, aún estoy dormida. En cinco minutos estaré lista.

Jordi me observó atentamente antes de entrar. Parecía traer algo en una pequeña bolsa de papel, que resultó ser un par de deliciosos *dónuts* rellenos de chocolate.

—Lo siento, estaban calientes hace media hora, cuando llegué. —Me dio dos besos antes de pasar. Sus mejillas, completamente congeladas por el frío de una gris mañana habitual en esta época del año, se habían ruborizado tanto como las mías.

—Necesito una ducha, ¿te importa esperar un poco? Víctor no está, si quieres puedes ver la televisión en el salón. Enciende la calefacción si te apetece, estás congelado.

Cerré la puerta y subí las escaleras antes de que pudiera contestarme. Me dirigí a la ducha y cerré los ojos bajo el agua caliente que caía sobre mi cabeza. Intentaba asimilar todo lo ocurrido durante el día de ayer. Me sentía nerviosa, extraña, seguía sin recibir noticias de Ariadna y no paraba de darle vueltas al asunto. Recordé la terrible pesadilla de hacía tan sólo un rato, no entendía por qué siempre se colaba Jordi en esos sueños macabros desde el mismo instante en que lo conocí, o incluso antes. Pasábamos mucho tiempo juntos en el trabajo, me ayudaba mucho. Me caía bien y me gustaba no estar sola frente a todo el caos de sangre y asesinatos, que realmente no estaba hecho para mí.

No comprendía cómo este puesto había logrado alejarme tanto de Ariadna en apenas unas semanas.

Oí unos golpecitos en la puerta del baño, justo cuando salía de la ducha.

—Meritxell, ¿te has quedado dormida ahí dentro? Llevas casi treinta minutos.

—Disculpa, enseguida salgo. —Había perdido la noción del tiempo bajo el chorro de agua caliente que reconfortaba mi piel.

—¿Tienes otro lavabo? Necesito entrar.

—Tranquilo, ahora mismo termino.

Me sequé el cabello y le pasé un cepillo rápidamente. Rodeé mi cuerpo con una toalla después de rociarme con mi perfume favorito. Di una ligera y rápida capa de maquillaje al rostro que el espejo me ofrecía y abrí la puerta, a punto de gritar para avisar a Jordi de que ya podía pasar, pero él estaba justo frente a mí, apoyado en la pared, con las manos en la espalda.

Recorrió mi cuerpo con la mirada, dejándome completamente abochornada.

—Pensé que estabas en el salón.

No respondió. Se acercó para pasar al lavabo y me aparté para que pudiese entrar.

—Qué bien hueles —dijo, girándose hacia mí.

—Acabo de ducharme. —Sonreí, volviendo a ruborizarme.

Jordi se acercó y olió mi cabello. Se apartó, su mirada se centró en mis ojos, pero pronto se deslizó hasta mi boca.

—Estás preciosa.

Se acercó aún más y rozó mis labios con los suyos, haciendo que una descarga eléctrica recorriera toda mi columna vertebral. Lo aparté.

—Cielo... no puedo, lo siento.

—Lo sé... —Agachó la cabeza, esta vez era él quien había enrojecido.

Dejé que pasara al cuarto de baño y yo fui hasta mi dormitorio, me senté en el borde de la cama y respiré hondo un par de veces, tratando de calmar los latidos de mi corazón. Mi piel se había puesto completamente caliente y notaba la sangre apelotonada en mi cara, calentando mis mejillas.

Cerré los ojos un minuto y encontré la imagen de mis pesadillas, con la boca de un extraño que tenía un gran parecido a Jordi enterrada entre mis piernas, torturándome a mordiscos. Agité la cabeza y me puse en pie dispuesta a vestirme para poder salir de casa de una vez.

Tiré la toalla al suelo y abrí el armario en busca de la ropa interior. Jordi tocó en la puerta de mi dormitorio y abrió sin darme tiempo a contestar. Me quedé clavada en el suelo, sin poder hablar, sin casi poder respirar. Se acercó despacio hasta mí.

—Vine a pedirte disculpas, pero es que no puedo disculparme por... por desearte.

Jordi se puso frente a mí y rodeó mi cintura desnuda con sus brazos. Besó mis labios y esta vez su lengua buscó la mía, haciendo que me derritiera en ese mismo instante. Quería apartarlo con todas mis fuerzas, no podía, no debía... su boca indagó hasta mi cuello y sus manos se dirigieron a mi pecho, intentando llevarme hacia la cama.

Saqué fuerzas y lo aparté, aunque sentía que mi cuerpo deseaba entregarse a ese momento.

—No me hagas esto, por favor.

—Lo siento —susurró en mi oído, sin ninguna intención de apartarse, mientras un suave roce de su lengua aterrizaba en el lóbulo de mi oreja y me abrazó, haciéndome sentir su sexo duro contra mi pelvis desnuda.

Un minuto después se apartó, mordiéndose el labio inferior. Nos miramos un instante a los ojos, rogué para que se fuera, para que no me hiciera resistirme más. Acercó de nuevo sus labios hasta mi cuello y me besó, su lengua tocó mi piel y logró erizar cada vello que cubría mi cuerpo.

Vino a mis ojos la pesadilla y por fin reaccioné apartándolo bruscamente.

—Por favor Jordi, ¡vete de aquí!

Salió de la habitación y me vestí corriendo, mientras contenía las lágrimas. Aquellas pesadillas no me dejaban vivir, no sabía si el deseo que sentía era inducido por ellas, o simplemente estaba ahí. Sin embargo, la realidad era que yo estaba casada, que a ese chico acababa de conocerlo hacía unos días y que esto no podía ocurrir. Temblaba de desconcierto, por un momento sentí que Jordi iba a lanzarme contra la cama y asfixiarme con una almohada hasta que mi cuerpo se quedara inmóvil bajo el suyo.

—Lo siento, Meritxell, discúlpame, soy un estúpido —dijo, completamente pálido, cuando me vio salir con lágrimas en los ojos.

—No te preocupes. No me encuentro bien y estoy algo sensible, sabes que eso que querías no puede ser —dije molesta y tajante—. Vamos, llegamos tardísimo al trabajo.

Capítulo 18

Ariadna

Había perdido tres horas dando vueltas por aquella ciudad hasta ir a parar a un pequeño centro comercial donde pude hacerme con un módem prepago para mi portátil y un móvil barato para pasar estos días.

Además entré en una hamburguesería, donde di buena cuenta a un menú especial doble mientras ojeaba el periódico local; nada interesante que llamase mi atención. De camino hacia el aparcamiento vi una zapatería, donde compré un par de botas, altas, cómodas y preciosas, que me ayudarían a pasar la semana, y unas tres blusas en colores rojo, violeta y negro, más una minifalda... ningún mal haría que estos días fuese guapa, apenas había traído ropa para el viaje ya que cuando preparé la maleta pensaba más en mi fin de semana con Gonzalo que en otra cosa.

Llegué a la casa y tiré todos los bártulos encima del sofá, donde me senté después de encender la calefacción. Encendí el teléfono que acababa de comprarme e intenté hacer memoria del número de Gonzalo.

—¡Estos dichosos aparatos!

El día que conocí a Gonzalo había grabado su número de teléfono en mi móvil, por lo que nunca tuve necesidad de intentar memorizarlo. Pensé en llamar a Meritxell, pero tendría que darle explicaciones de dónde me encontraba. Seguro que estaba liadísima, Jordi la ayudaba así que no se daría cuenta de que yo no estaba cerca.

Me llevó aproximadamente dos horas averiguar cómo se instalaba aquel módem al ordenador, debía reconocerlo, era algo negada para esta nueva tecnología. Tenía portátil porque Miguel me lo había regalado hacía un tiempo, cuando nuestra relación estaba en pleno apogeo.

Me conecté a Internet e intenté buscar el número de teléfono de Gonzalo en la red.

Escribí: «Gonzalo Jiménez», pero me aparecían ciento setenta y tres resultados sólo para nuestra ciudad. ¡No podía telefonear a ciento setenta y tres teléfonos preguntando por Gonzalo Jiménez, mi perfecto amante!

Intenté recordar el nombre de su inmobiliaria, pero era imposible, y sabía que había más de treinta en la ciudad. Salí al portal de la casa, buscando alguna pegatina o cartel de la agencia con un teléfono de contacto, pero no había nada.

Teléfono en mano me dispuse a telefonear a todas las agencias inmobiliarias que me aparecían en Internet. Sorprendentemente, en dos de ellas me habían dicho que Gonzalo Jiménez no se encontraba en estos momentos y en otra me pasaron a un tal Gonzalo Jiménez que, según cogió el teléfono, me ofreció una tremenda demostración de la tos más horrible que hubiera oído jamás y hablaba como si tuviese cien años.

Volví a telefonear a las dos anteriores, diciendo que necesitaba localizar a Gonzalo y que si me podían facilitar su número de teléfono móvil, pero la respuesta en ambas oficinas fue la misma: «Lo sentimos, pero los datos personales de nuestros empleados no podemos facilitarlos a los clientes». Así que intenté convencerlos diciéndoles que era muy importante, pero la respuesta seguía siendo la misma. Así que les dejé el número de mi prepago y mi nombre, con la esperanza de que le dieran el recado.

Me di por vencida, debía concentrarme en mi trabajo. Era crucial comenzar la investigación cuanto antes.

Telefoneé de nuevo al señor Rubén Cardona, que no contestó mi llamada.

Cogí los últimos apuntes que había hecho y telefoneé a todas las víctimas. Elena Morales, Noelia Casado y Ángela Batista habían cambiado de número de teléfono. Yurena Santana no quiso saber nada de mí en cuanto, tonta de mí, le dije que trabajaba para *Maze News*. Mi falta de experiencia me iba a jugar una mala pasada.

Rita Velázquez se ofreció a vernos en una media hora en el centro comercial, que era el único sitio que yo conocía.

Me calcé mis botas nuevas, mi minifalda y una de las blusas. Fui hasta el cuarto de baño, donde di un repaso a mi maquillaje y adecenté los bucles de mi pelo, lo cual era inútil porque en cuanto volviese a ponerme el casco de la moto quedarían aplastados. Cogí la foto de Rita Velázquez y la metí en el bolso antes de salir de casa.

Mi cita con ella fue completamente agotadora, estuvo llorando desde que llegó sin darme ningún tipo de información. Tan sólo que su agresor olía a un perfume que alguna vez había olido a sus hermanos y que le encantaba, el cual pasó a odiar y desterrar de su familia después de su violación. Me acompañó a comprar un ejemplar dentro del centro comercial, lo que supuso una media hora de llanto descontrolado.

La invité a una café para que se sentara conmigo en algún sitio y se relajara un poco. Intenté aparentar que no estaba a punto de un ataque de nervios para ver si cogía confianza conmigo y me contaba algo.

—No sé qué decirte, era de noche y me atacó en mitad del parque. Creo que acababan de dar las tres de la madrugada cuando miré el reloj por última vez. No lo vi bien, sé que agarró con fuerza mi garganta cortándome la respiración durante un minuto aproximadamente, mientras me arrastraba donde él quiso. Me enseñó un afilado cuchillo y me dijo que si se me ocurría chillar me cortaría la lengua y acto seguido atravesaría mi estómago.

—¿Qué clase de voz tenía?

—No sé... normal, diría que era un hombre joven... Ariadna, ¿por qué no hablas esto con la policía?

—¿Puedo serte sincera y seguirás ayudándome? —Mi interlocutora asintió—. Los casos de este violador están bajo secreto de sumario.

—¿Casos? —preguntó palideciendo.

—Sí, hay cinco víctimas más como tú, todavía están investigando pero creen que el culpable fue el mismo agresor. —En ese momento decidí que iba a ahorrarme el detalle de que la última había sido asesinada. Empezó a llorar de nuevo.

—¿Cómo es que me entero por ti? ¿Cómo es que no han avisado a la ciudad para que esté alerta?

—No lo sé, quizás lo tengan cerca y no quieran espantarlo. —Asintió, al fin y al cabo tenía sentido—. ¿Puedo preguntarte por qué estabas sola a las tres de la madrugada en un parque?

Mi interlocutora dejó de llorar en el acto y me miró incrédula.

—Pero, ¿qué clase de periodista eres tú?

—Pues, una de eventos, supongo. —Suspiré resignada. No estaba sacando nada de todo esto más que gastar *clínex* como una loca.

—¿De eventos?

—Es largo de contar, pero intento ayudar. No soy policía, pero cualquier ayuda es poca para cazar a un depravado así.

—Yo te cuento mi historia si tú me cuentas la tuya.

Me encogí de hombros, ¿qué podía perder? Me olvidé del café que tenía delante y pedí un par de cervezas, quizás con un poco de alcohol mi acompañante se relajara aún más.

Le relaté brevemente que llevaba unos años cubriendo eventos. Le conté cómo habían ascendido a Meritxell, dejándome sola en aquel cutre puesto que yo odiaba, aunque no era culpa de mi amiga. Ella ni siquiera quería trabajar en sucesos, al fin y al cabo, tenía más experiencia que yo. Después de una media hora había terminado de relatar mi historia, obviando todo lo que tenía que ver con mi relación «preferente» con Miguel.

—Soy prostituta… bueno, quiero decir, era.

—¿Prostituta?

—No me juzgues. Ese tipo no tenía ningún derecho, me atacó en mitad de la noche cuando volvía a casa, probablemente no sabía a qué me dedicaba. Amenazó con matarme, me violó, intentó asfixiarme y luego se divirtió haciéndome marcas con ese cuchillo por el pecho.

—Lo siento Rita, en ningún momento te juzgo. No me lo esperaba, eso es todo, pareces…

—¿Normal? Sí, lo soy… siempre lo he sido, me busqué la vida como pude. La verdad es que no me apetece contarte cómo llegué hasta ahí, pero la noche que me violaron fue mi última noche en la calle.

—¿Podría ver las cicatrices de las marcas?

—¿Aquí?

—No, si quieres podemos ir al baño o, si estás más cómoda, vamos a la casa donde me hospedo estos días.

Rita me miró con recelo, pero finalmente aceptó.

Capítulo 19

Meritxell

Cuando llegamos a la oficina vimos que el inspector Alvarado y el agente Alexander se encontraban con Miguel en su despacho. Mi jefe me vio a través de la cristalera y me hizo señas para que pasara.

—Señora Borges y... —Miró una ficha que tenía encima de la mesa—. Señor Ocampo, pasen, siéntense por favor.

Jordi me miró preocupado antes de ocupar el asiento a mi lado.

—¿Hay noticias de Ariadna? —pregunté muy bajito, casi no quería saber la respuesta. ¿Qué hacían estos agentes aquí? ¿Por qué aún no sabíamos nada de mi amiga? ¿No la estaban buscando?

—No, lo siento, pero no. El inspector Alvarado y el agente Alexander Hernández llevan esperando aquí unas horas. Me han pedido nuestra colaboración y yo les he dicho que por nuestra parte no habría ningún problema.

—¿Nuestra colaboración? ¿En qué podemos ayudarles nosotros?

—Este caso no vamos a airearlo por el momento. —Empezó a hablarme el inspector Alvarado—. Es importante no asustar al causante de los crímenes. No tenemos nada y necesitamos estudiar todo esto antes de dar un paso en falso.

—Sigo sin entender en qué podemos ayudarles.

—Meritxell —prosiguió el inspector—, es usted una gran investigadora, lo sé a ciencia cierta y necesito que me eche una mano. Voy a enviar a Alexander fuera, hemos localizado un pago con tarjeta de Gonzalo Jiménez en una gasolinera de otra ciudad.

—¿Dónde? ¿Debo ir con él?

—Eso no importa y no, no irá con él. Le pido que me ayude a mí aquí —me dijo el inspector Alvarado.

—Pero inspector... yo no soy policía, soy periodista. Hasta hace un par de meses cubría galas, fiestas, preestrenos...

—Señora Borges, por favor —dijo mi jefe suplicante—, no se menosprecie.

—¿En qué puedo ayudar yo? —dijo Jordi.

—Necesito que por el momento cubras su puesto en sucesos, cualquier dato que se pueda publicar y ella te comunique, deberás redactarlo y hacérmelo llegar antes de enviarlo a imprenta.

—Hecho —dijo resuelto y sonriente mi compañero.

—¡Esto es de locos! —dije yo—. Estamos ante varios casos de un asesino en serie. Apenas pude ver unas fotos relacionadas con la investigación, lo que he pagado muy caro con unas terribles pesadillas. Mi mejor amiga está desaparecida, junto con ese hombre que no sé si de pronto se ha convertido en sospechoso. ¡¿Alguien puede entender que esto no es lo mío?!

—Vimos las fotografías que hicisteis en el escenario —dijo tímidamente el agente Alexander.

—¡La mayoría no las hice yo! Son obra de Jordi.

—¡Meritxell! —Mi jefe elevó la voz—. Ya está bien de protestar y de tonterías. No puedo enviar al nuevo a ayudar a la policía.

—Pero es cierto...

—Ni una palabra más. ¿Tiene algo que decir, señor Ocampo? —dijo Miguel, mirando esta vez a mi compañero.

—No. Completamente de acuerdo con usted. —A Jordi parecía divertirle todo esto.

—Pues no se hable más —dijo dirigiéndose a mí—. Por favor, escuche lo que Tony tiene que decirle.

—Las fotos que hizo son muy buenas —dijo el inspector mirando hacia mí, como si no hubiese escuchado una palabra de lo que había dicho en el último minuto—. Y vimos un pequeño detalle que hasta ahora se nos había escapado.

Alexander sacó unas fotos de un dossier y me las tendió. Eran fotos de unas pequeñas marcas blancas que parecían cicatrices situadas en el pecho de la víctima. No recordaba haber tomado esas fotografías, no eran obra mía, yo ni siquiera me había acercado al cadáver de aquella mujer. Abrí la boca en señal de protesta, pero una mirada asesina de Miguel me hizo volver a cerrarla.

Me parecía muy injusto quedarme con un triunfo que no era mío, Jordi era muy cuidadoso en su trabajo y lo había demostrado. Merecía el puesto de sucesos más que yo, y seguramente también lo deseaba más. No entendía entonces por qué parecía tan contento.

—¿En qué pueden ayudarles esas fotos? Son unas simples cicatrices. Son muy comunes cuando te quitan pequeños quistes en el pecho, yo misma tengo unas marcas iguales.

Desabroché sin pensar tres botones de mi blusa y dejé lo suficiente al descubierto para que pudieran observar mis cicatrices. No me ruboricé hasta que me di cuenta de que estaba casi enseñándoles las tetas a cuatro hombres que me miraban boquiabiertos. Volví a abrocharme los botones después de que el inspector Alvarado se acercara a observar con detenimiento.

—No son iguales. Por favor, Meritxell, fíjese en esta fotografía. Estas marcas son irregulares y no parecen para nada hechas con un bisturí.

—¿Por qué tienen tanta importancia? Están cicatrizadas, no pudo hacerlas su asesino.

—No tiene ninguna lógica que sigamos hablando de esto aquí, venga conmigo a la comisaría. Voy a dejar a Alexander en el aeropuerto, el inspector Cardona lo espera.

Me resigné, de nada servía oponerme a todo esto, nadar contra corriente...

Capítulo 20

Ariadna

Llegamos a la casa y Rita parecía tan asombrada como lo estuve yo en el momento en que vi aquella especie de chalé.

—¿Vives aquí?

—Qué más quisiera yo, es sólo un préstamo de un buen amigo. Ponte cómoda, por favor.

Estuvimos charlando buena parte de la tarde y tomé algunas notas.

> Rita Velázquez:
>
> Prostitución.
>
> Ataque en el parque George Ranch a las tres de la madrugada.
>
> Datos sobre el atacante: olor al perfume Mr. Alsager, de una conocida marca. Altura media y corpulento, no gordo, sólo fuerte.
>
> La víctima no pudo ver nada más del agresor.
>
> Seis cicatrices sobre el pecho.

Rita me dejó sacarle algunas fotos de aquellas pequeñas cicatrices que, con el tiempo, habían tomado un color blanquecino disimulándose y adaptándose al tono de piel de mi acompañante. Las examiné, parecía que el agresor quiso hacer un dibujo con las marcas, quizás un círculo o un óvalo, pero no sabía qué representaba.

Cogí la tarjeta de la cámara y pasé las fotos al ordenador, para observarlas a pantalla completa, pero seguían sin decirme nada.

Intenté buscar bases de datos sobre símbolos satánicos, que era lo único que se me ocurría en ese momento, pero eran infinitas las imágenes que aparecían frente a mí y nada que se pareciera a aquellas pequeñas y simples marcas.

Resoplé, seguía sin tener nada. Rita había estado todo el tiempo muy callada, pensativa... supuse que intentando no rememorar todo lo que aquel pervertido le hizo pasar.

—¿Ya has hablado con las otras chicas? —preguntó finalmente, mientras cogía una taza de café que acababa de tenderle. Necesitaba cafeína urgentemente y supuse que ella también.

—No las localizo, tres de ellas no conservan el mismo número y otra no quiere hablar conmigo.

—¿No éramos seis víctimas?

—Sí, es que... bueno, Rita, quizás no debería contarte esto, al fin y al cabo esta investigación es casi un delito por mi parte, pero supongo que debes saberlo. A la última víctima la mató, supongo que por eso tanto secretismo, están investigando antes de hacer nada que pueda perjudicar el caso.

Se le desencajó la cara y vi asomar de nuevo lágrimas en sus ojos. Recé durante un segundo para que no se pusiera de nuevo a llorar desconsoladamente.

—Quiero ayudarte —dijo decidida, pasando el dedo índice por la comisura de sus ojos para evitar que las lágrimas volvieran a caer mejilla abajo.

—Ya, pero con lo que recuerdas y lo que yo sé no tengo nada, volveré a eventos en menos que canta un gallo.

—En serio, quiero ayudarte a encontrar a las otras víctimas. Tengo un contacto en el Ayuntamiento, quizás pueda comprobar su base de datos a ver si siguen viviendo en Santa Catalina.

—¡Pero eso sería ilegal!

—Bueno, pero él es de confianza, es mi marido.

—¿Tu marido? Pensé que...

—Cuando me pasó lo del parque, dejé la prostitución e intenté rehacer mi vida —me interrumpió—. De pronto apareció, él y yo éramos amigos en nuestra infancia y bueno, circunstancias de la vida, hoy es mi marido.

—Vaya... Debe ser discreto al cien por cien... por favor, Rita, me juego mi puesto de trabajo.

—Confía en mí. Te llamaré mañana por la mañana y tendrás todo lo que pueda conseguir. Facilítame los datos de esas chicas.

Sonreí, por primera vez veía una luz al final del túnel, esto me podría ayudar a esclarecer algo de todo aquello.

—Muchas gracias.

—¿Puedo confiarte algo? —Asentí, antes de que siguiera hablando—. Ariadna, yo creo que la policía no está investigando este caso, al menos no el mío. Cuando supieron que yo era prostituta, se despreocuparon totalmente. No me hicieron preguntas, no intentaron averiguar más, aunque sacaron fotos de las marcas, ni siquiera me hicieron el test de agresión sexual por lo que no pudieron obtener el ADN de aquel desgraciado.

Mi boca se abrió de par en par.

—Eso es imposible Rita, seguro que estás confundida.

Miré a aquella mujer, parecía una chica completamente normal y corriente. Bien peinada y maquillada, vestimenta adecuada, no parecía drogadicta, no había marcas en sus brazos, y en su cara no había huellas de drogas o alcohol... ¿Por qué la policía se había negado a investigar su violación? Estuvieron a punto de matarla, la torturaron...

—No lo estoy Ariadna, te lo aseguro, por eso quiero ayudarte. A lo mejor hay otro caso como el mío y entre nosotras podamos dar más detalles para localizar a nuestro agresor.

—Eres muy valiente, Rita. Muchas gracias.

—Ahora tengo que irme a casa, mañana por la mañana tendrás noticias mías. Descansa, parece que te hubiese pasado un tractor por encima.

Sonreí, era una frase que solía usar Meritxell cuando estaba cansada y de pronto extrañé a mi amiga como si no la hubiese visto desde hacía semanas, pero aún no podía llamarla.

Capítulo 21

Meritxell

El inspector Alvarado me llevó hasta una sala de la comisaría donde me dirigió a una pizarra en blanco, tendió un rotulador hacia mí y me dijo que necesitaba unos ojos nuevos.

—Por favor, Meritxell, todo lo que hablemos aquí no debe salir de estas paredes. Este es un caso confidencial y necesito resolverlo. Si esto sale bien, la ayudaré en todo lo que necesite, ahora y en un futuro, para su puesto en sucesos.

—¿Qué pasa con mi amiga Ariadna?

—Tengo un agente en ello, al mínimo movimiento la detectaremos. Hemos intentado localizar su teléfono móvil, pero parece apagado. El coche está en el garaje de su casa y por el momento no ha usado sus tarjetas.

—¿Y Gonzalo?

—Ni rastro. Pero necesito que se centre, por favor, mire estas fotos. Deje que mis agentes se ocupen de encontrarlos.

Lo miré resignada, no entendía cómo me había metido en todo este jaleo... ¡Dios! Yo no quería jugar a policías, no me gustaba todo esto, nunca me había sentido cómoda en la comisaría y hoy no era diferente. Me miré de soslayo en el espejo, tenía una cara horrible. Unas oscuras formas se habían extendido por mis párpados inferiores, hundiendo mis ojos azules en toda una tez pálida y de aspecto fatigado. Mi pelo se había convertido en una especie de maraña, costaría desenredar todo aquello. No había tenido tiempo de pasarme la plancha esa mañana y no lucía como solía hacerlo por norma general.

El inspector Alvarado se dio cuenta de que me estaba mirando en el espejo y sonrió antes de tenderme una carpeta con unas cien fotos, organizadas por víctimas. Supuse que las habían hecho antes de que el forense hubiera realizado la autopsia.

—¿Qué estamos buscando?

—Yo ya he buscado, he digitalizado las fotos de cuerpo completo y he ampliado todo lo que podía las imágenes. —Me tendió un sobre con unas pocas fotografías. Se veían unas cicatrices en el pecho iguales que las de Vanessa Meyer.

—Son iguales que las de la víctima de hoy, pero… ¿cómo es posible? Ya están cicatrizadas.

—Hemos buscado todos los expedientes de las víctimas del Asesino del Mordisco, y resulta que todas tienen las mismas marcas excepto Bibiana Cárdenes. No nos habíamos percatado hasta ahora porque ocurrió en otra ciudad, pero una de estas chicas fue víctima de violación en Santa Catalina hace algunos años. Tememos que por esas marcas tan parecidas, tanto Marisol como Vanessa también lo fueran en su momento.

—¿Qué?

—Sí. Es como si el asesino fuera en busca de las víctimas que alguien, todavía no hemos decidido si es la misma persona, había violado. Por eso ha ido Alexander hacia allá, queremos corroborar allí con el inspector Rubén Cardona los expedientes de estas chicas.

—Esto se extiende demasiado. —Fue lo único que pude decir. ¿Qué esperaban que hiciese yo? No era más que una periodista, yo nunca había imaginado verme inmersa en una investigación criminal, y mucho menos de estas dimensiones. Además no podía pensar, mi amiga no estaba… recordé un instante nuestra conversación del día anterior—. ¿Ha dicho usted Santa Catalina? —dije palideciendo aún más.

—Así es.

—Dios mío.

—¿Qué ocurre, Meritxell?

—Ayer, cuando vi a Ariadna en la cafetería, estaba mirando una guía de esa ciudad. Me comentó algo de que quería llevar a Gonzalo a un sitio romántico, a algún balneario o algo así... pero no sé si esa era idea suya o de él.

El inspector apuntó algo en un papel y descolgó el teléfono que había en la sala.

—Alexander, soy el inspector Alvarado. Por favor, escucha atentamente. Ariadna y Gonzalo planeaban ir a Santa Catalina por unos días. Averigua si están en algún hotel, residencia, hostal, o si él tiene allí algún familiar... búscalos por todas partes y, si es necesario, pídele colaboración al inspector Cardona.

No oí lo que dijo Alexander, pero al segundo ya había colgado el teléfono. Esta vez se dirigió a mí.

—Tranquila, Meritxell, la encontraremos.

Asentí y me quedé mirando largo rato las fotografías, todas las cicatrices sobre el pecho tenían la misma forma, dibujaban una especie de círculo...

—A lo mejor es una idiotez, pero después de las miles de fotos que he visto, creo que estas marcas intentan emular un mordisco, ¿no le parece a usted? Es como si cada marca fuese un pequeño diente.

—¿Eso cree?

—Sí, fíjese... Yo no soy policía, ni nada que se le parezca. Pero yo diría que esto fue sólo un ensayo —dije señalando las marcas del pecho—. Luego volvió a acabar el trabajo, cuando estaba preparado para hincarles el diente.

—Llamaré al inspector Cardona, para ver si podemos conseguir algo más que una estos casos.

—¿Los perfiles de las víctimas son los mismos?

Sonó mi teléfono móvil.

—Disculpe inspector, es mi marido... ¡Ey, cielo! ¿qué ocurre?

—¿Se puede saber dónde estás? No te he visto en los dos últimos días, no me contestas al móvil.

—Cielo, lo siento, no me di cuenta de que me habías llamado, ahora mismo estoy en la comisaría de policía.

—¿En la comisaría? —dijo asustado—. ¿Te has metido en algún lío?

—No, tranquilo... bueno, más bien sí. Miguel Suárez me ha liado para que eche una mano a la policía con el caso del Asesino del Mordisco.

—¿No habías terminado ya el reportaje? —dijo molesto.

—Ha habido otro asesinato.

—Pensé que ibas a pedirle a Miguel que te devolviese a eventos.

—Cielo, no puedo discutir esto ahora, estoy en la comisaría.

—¿Por qué hay un jersey masculino en nuestro sofá?

—¡Víctor! ¿No me has escuchado? Ahora no tengo tiempo de discutir contigo. —Recordé a Jordi colándose en mi dormitorio, besándome y tocándome, y me sonrojé—. Esta mañana fue a recogerme un compañero del trabajo.

—¿Le dejaste pasar?

—Claro, aún no me había terminado de arreglar y no lo iba a dejar en la calle. Fueron dos minutos, coger el bolso y peinarme.

—Entiendo, y en esos dos minutos le dio tiempo a pasar por nuestro cuarto de baño. Estaba la tapa levantada.

¡Joder! ¡Mierda de manía de los hombres!

—Víctor, me estás poniendo de los nervios... —El inspector Alvarado me miraba extrañado y me decidí a zanjar la conversación—. Hablamos a la noche.

Colgué el teléfono antes de que me contestara.

Era la primera vez en diez años que Víctor había mostrado resquicios de celos y me extrañaba completamente. Así que la siguiente hora me la pasé mirando unas fotos, que realmente no quería mirar, sin prestar la más mínima atención.

Repasé mentalmente todo lo que había hecho esa mañana con la esperanza de que ningún vecino nos hubiese visto.

Capítulo 22

Ariadna

Corrí con la moto todo lo posible hasta llegar al ayuntamiento. Aún no me acostumbraba a conducir aquel trasto, hubiera llegado antes a pie. No había podido pegar ojo en toda la noche, tenía la esperanza de que Gonzalo apareciese, no podía telefonearlo y me sentía muy sola sin él y sin Meritxell aquí.

Empezaba a preguntarme si esto no había sido una locura, tenía una vida tranquila con mi actual puesto en *Maze News* y yo sola me había metido en todo este embrollo. Era complicado obtener información cuando se suponía que ni siquiera debía estar aquí. Pensé en telefonear a Miguel arrepentida por todo esto, pero no podía. Él había confiado en mí, tenía que seguir adelante.

Pasé entre los coches que permanecían parados debido al atasco de esa mañana. Santa Catalina era una auténtica locura a las ocho y media. Llegué al ayuntamiento, después de dar varias vueltas en balde buscando su ubicación, y allí estaba Rita, junto a un hombre que la miraba nervioso.

Paré a su lado, me quité el casco sin bajarme de la moto y Rita me tendió el sobre.

—Luego te llamo, vete.

—Volví a ponerme el casco y arranqué lo más deprisa que pude, necesitaba ir a algún sitio tranquilo a echar un vistazo a aquella información. No merecía la pena volver a la casa, quizás pudiese verme con alguna de las muchachas durante el día.

Pasé frente a una cafetería y mis tripas sonaron. ¡Cómo echaba de menos los sándwiches y mi doble expreso con leche condensada de Sweet Café! Entré y me pedí algo para comer en lo que ojeaba la información que acababan de pasarme.

Estaban los nombres de algunas de las chicas, junto a direcciones y teléfonos de contactos, no sólo propios, sino además de familiares. Saqué mi agenda y mi libreta y lo anoté todo. Leí el periódico y tomé el enorme desayuno que acababan de servirme. Nada que ver con el de Sweet Café, pero estaba bueno.

Me dispuse a marcar en mi nuevo móvil y, al quinto tono, descolgaron.

—Quisiera hablar con la señorita Noelia Casado.

—Es mi hermana, pero ahora mismo no se encuentra en casa —dijo una voz de una chica muy joven, diría que de unos catorce años.

—¿Sabe a qué hora puedo localizarla?

—¿Es usted de la guardería? Acabo de dejar a Diego ahí hace un rato, ¿se encuentra bien?

—No, no... disculpe, no quiero asustarla. Es confidencial. ¿Sobre qué hora puedo localizarla?

—Llegará a casa en una hora, aproximadamente. Pruebe entonces.

Me despedí de la chica y miré el reloj, aún era muy temprano. Saqué mi portátil y busqué la dirección que había apuntada debajo del nombre de Noelia Casado, parecía estar al otro lado de la ciudad. Sonó mi teléfono, era Rita. Le conté que me disponía a coger el tren para ir hasta el domicilio de Noelia Casado. No pensaba conducir tanto rato aquella moto, si la rompía Gonzalo iba a matarme.

Fui a dejar la moto en casa y a los cinco minutos Rita se había presentado en la puerta con un Renault Clio en color dorado, algo destartalado, con el que me llevó hasta mi nuevo destino.

Tardamos aproximadamente una hora en llegar al domicilio de Noelia, Rita no conocía la zona y yo aún menos. Era un piso en un barrio pequeñito.

Llamamos al timbre y una chica jovencita nos abrió la puerta.

—Hola. —Le tendí la mano para darle un saludo—. Soy Ariadna Betancor y ella es Rita Velázquez. Estamos buscando a Noelia Casado.

—Ella no ha llegado aún a casa.

—Es importante que la veamos. Creo que hablé contigo antes por teléfono, disculpa si te asusté, pero necesito hablar con ella.

—¿Para qué?

—¿Podemos pasar?, te lo explicaré dentro.

La chica que estaba frente a nosotras nos dejó pasar algo resignada, aunque parecía no querer hacerlo. Nos sentamos en un pequeño sofá negro en mitad de la sala.

La muchacha se sentó frente a nosotras, apoyando los brazos en los codos y entrelazando los dedos; toda su atención era nuestra. Era una hermosa joven de cabellos dorados, sus bucles eran parecidos a los míos pero su melena llegaba hasta media espalda, no como la mía que apenas pasaba de los hombros. Tenía una mirada algo triste, o quizás estaba preocupada por encontrarse a solas con dos personas que no conocía de nada. Sus ojos tenían un tono verdoso, mezclado con un toque de color miel. Su tez era blanca como la porcelana. Estaba muy delgada, hubiera apostado que no llevaba más de una talla treinta y seis. Un cuerpo menudo, con pecho y curvas reducidos, pero muy guapa en su conjunto. Tenía las uñas mordidas y me extrañó, con esa edad no conocía a ninguna chica con su aspecto que tuviera esa fea costumbre, más bien lo único que hacían era preocuparse por tener una manicura perfecta y, si no lo conseguían, las uñas de porcelana hacían buena sustitución de las propias.

—¿Y bien? —Habló después de unos minutos en silencio.

—Debes ser completamente discreta con esto, es un caso confidencial. —La chica asintió, pero no parecía más tranquila—. Estamos investigando unas violaciones que se han ido produciendo en Santa Catalina los dos últimos años. No tenemos permiso de la policía si es lo que me vas a preguntar.

—Lo siento, no puedo ayudarlas, deben irse.

—¿Cómo te llamas?

—Eso no la incumbe. Márchense.

—Sólo intentamos ayudar. Sabemos que la policía no hizo mucho caso a estas violaciones.

—A mí también me violaron, Noelia —dijo Rita, que abría la boca por primera vez desde que habíamos llegado. Había estado todo el tiempo muy callada mirando a su alrededor. La chica palideció aún más—. La policía no investigó absolutamente nada, yo creo que ni se molestaron en extraer pruebas de ADN.

La chica la miró incrédula y entonces Rita se desabrochó la camisa que llevaba puesta, dejando a la vista las cicatrices en el pecho. Noelia miró hacia abajo, al escote de su camiseta negra, y entonces supe por qué Rita sabía quién era aquella chica: una de las cicatrices asomaba por fuera del escote.

—Pero no puede ser, no eres más que una cría. Según mis notas, Noelia Casado tiene ahora diecinueve años y tú no aparentas más de diecisiete.

—Tengo dieciocho años ahora, cuando ese capullo me violó tenía diecisiete. La policía no se molestó en corroborar la edad que yo les dije que tenía.

—¿Por qué les mentiste?

—Porque... bueno, me encontraron a las cinco de la madrugada, tirada en medio de la calle. Mis padres habían salido de viaje por un duelo familiar, me dejaron sola en casa porque confiaron en mí. Pero yo salí con mis amigas de fiesta, todas tenían que irse pronto, pero era la primera vez que entraba en la discoteca... no sabes lo que una buena capa de maquillaje, un buen vestido y unos taconazos pueden conseguir en esta cara de cría, si te preguntas cómo me dejaron entrar. Decidí quedarme allí con un chico que acababa de conocer, estuvimos juntos hasta las cuatro, cuando él tuvo que marcharse, y entonces me di cuenta de que tenía que volver sola a casa y que apenas tenía dinero, no podría coger un taxi. Así que me puse a caminar y me atacó.

—¿Dónde ocurrió todo? —pregunté, boquiabierta y asombrada. ¿Cómo era posible que la policía ni siquiera hubiera corroborado su edad?

—En Garden Street.

—¿Garden Street? Como estabas completamente borracha y sola, pensaste que podías sacar dinero si algún chico guapo te paraba —dijo Rita sin ningún tipo de reparo.

—¡Rita! —Le di un golpe en el brazo para que se callara la boca.

—Ariadna, Garden Street es una zona de prostitución, la conozco bien.

Miré incrédula a la chica con aspecto angelical que estaba frente a mí; había agachado la cabeza. Supuse que si pudiera la hubiese enterrado en el suelo.

—He de decir a mi favor que estaba muy, muy borracha. No había bebido una gota de alcohol en mi vida. Y esa noche me sentí rebelde, eufórica... había estado toda la noche besándome con un chico que realmente me había calentado... y bueno, no sé qué se me pasó por la cabeza, pero no quería volver a casa caminando. Garden Street quedaba cerca de la discoteca, así que pasé por ahí caminando, pensando que algún chico joven y guapo podría dirigirse a mí. No pienses que me fui con nadie, sólo había chusma por allí, fue cuando me atacaron. Había unas pocas prostitutas por la zona y supongo que pensaron que era mi chulo o algo así. Me cogió por los pelos y me arrastró a un callejón.

—Dios mío, esto es increíble...

Llamaron al timbre y Noelia se levantó, la oímos hablar algo con una chica, que no podíamos ver desde donde nos encontrábamos, y vi cómo entraba con un bebé en los brazos de unos tres o cuatro meses.

Yo lo miré con una sonrisa en los labios, sus ojos eran preciosos, azules o verdes, no podía distinguirlos bien desde donde me encontraba y sonreía mucho a Noelia. Parecía un pequeño angelito rubio de tez blanca.

Miré hacia Rita y tenía lágrimas en los ojos. Le di un codazo antes de que Noelia se diera cuenta.

—¿Qué te pasa? ¿Por qué lloras ahora? —dije susurrándole molesta, no quería que montase un espectáculo delante del pequeño.

—No te das cuenta... ¡y tú eres periodista!

—¿Cuenta de qué?

Volví a mirar al pequeño y a Noelia mientras se acercaban hacia nosotras.

—Este es Diego, es mi pequeño.

Fue un jarro de agua fría, no era más que una niña que había cometido una estupidez, ¿cómo podía haber tenido un bebé de su violador?

—Es... precioso —logré decir con una sonrisa en los labios.

El pequeño sonrió aún más y su madre lo puso dentro de algo que parecía una especie de hamaca, le dio su chupa y un sonajero.

—No entiendo cómo pudiste tenerlo.

—La policía llegó y cuando vio la zona en la que estaba no me prestó la más mínima atención. Me llevaron a la comisaría, me hicieron cuatro preguntas y una amable doctora me hizo una prueba de violación que dio positivo, por supuesto. Supongo que tomaron una muestra de su ADN, pero no lo sé... me curaron los cortes en el pecho y me hicieron unas fotografías, fue la última vez que supe de ellos.

—Pero... pero... —logré decir.

—Mis padres nunca se enteraron, si es lo que te estás preguntando. Les dije que había conocido a un chico esa noche y lo había traído y que por eso me había quedado embarazada. No me dejaron abortar, supongo que como castigo a la irresponsabilidad de practicar sexo con un desconocido sin utilizar precaución. Era menor de edad, así que tampoco rechisté, no quería que se enterasen de lo que había ocurrido y seguí adelante con el embarazo. La verdad es que ahora no me arrepiento, Diego es mi vida.

Saqué mi libreta y apunté todo lo que me había contado Noelia. Empezaba a pensar que el caso que estaba bajo secreto de sumario no era realmente el de las violaciones, sino que estaban investigando a la comisaría de policía por no llevar a cabo una exhaustiva investigación de todos estos casos... al fin y al cabo, la última víctima había resultado asesinada.

Noelia dejó que le sacara unas fotos de las cicatrices en su dormitorio, mientras Rita se sentaba a jugar con el pequeño.

—¿Cómo no les dijiste nunca nada a tus padres? Ellos podrían haber hecho presión para que la policía investigara.

—Estaba asustada, la había cagado más que nunca en mi vida. Si llego a decirles a mis padres que fui sola de madrugada por

Garden Street, simplemente me hubieran matado. Preferí que pensaran que era menos irresponsable.

Mientras se quitaba la camiseta y el sujetador, me di cuenta de que tenía marcas también en el costado... saqué fotos de todas las cicatrices.

—¿Cómo hiciste para que no vieran las marcas?

—Mi madre me vio las del escote y le dije que me había caído y me había cortado con unos cristales rotos que había en el suelo.

—¿Dónde están tus padres ahora?

—Mi padre murió a finales del año pasado, y mi madre casi enloqueció. Hace unos meses cogió sus maletas y me dijo que se iba fuera un tiempo, que no podía estar en esta casa. Así que se marchó con mi abuela. Me llama cada día y de vez en cuando viene durante el fin de semana para ver a Diego. Supongo que aún continúa enfadada conmigo, por ser irresponsable, por haber salido cuando ellos me habían prohibido que lo hiciera, y por haber traído un chico desconocido a mi casa que me preñó y yo no era capaz ni de recordar su nombre.

—¿Cómo mantienes al pequeño?

—Tengo trabajo, estoy de vacaciones por unos días. Además, Sergio me ayuda. Sergio es mi novio, se mudó aquí hace unas semanas. Trabaja en un almacén por las mañanas y por las tardes sigue estudiando Ingeniería Informática. Le quedaba sólo un curso pero ha decidido coger menos asignaturas para poder ayudarnos a Diego y a mí.

Capítulo 23

Meritxell

Salí de la comisaría con la impresión de no haber ayudado en nada. No obstante, el inspector Alvarado no hacía más que agradecer mi colaboración. Aunque sabía que no era más que un estorbo, en parte agradecía que me dejaran estar en medio de todo esto ya que cuando localizaran a Ariadna yo lo sabría de primera mano. ¿Sería posible que Gonzalo fuera un asesino? Había pensando mucho en él durante el día, en su físico, en su forma de vestir, en su complexión, en las pocas cosas que Ariadna me había contado de él.

Absorta en mis pensamientos me descalcé los tacones, me estaban haciendo un daño terrible, llevaba todo el día fuera de casa y realmente no quería volver, me daba miedo enfrentarme a Víctor y a su ataque de celos. No sabía cómo abordarlo ya que me sentía culpable de haber provocado que Jordi se colara en mi casa y en mi dormitorio.

Oí un claxon insistente a mi lado y vi a Jordi en su Toyota Aygo, que me ofreció una sonrisa algo preocupada.

—Pero chica, llevo a tu lado como diez minutos y no te enteras de nada. ¿Estás bien?

—Hola, cielo. —Quizás no era lo más adecuado, pero agradecía que estuviera ahí. Después de tanto analizar violaciones y asesinatos, lo menos que me apetecía era caminar sola por la calle cuando estaba anocheciendo.

—Entra, te llevaré a casa.

—Muchas gracias Jordi, estoy cansada y frustrada.

—¿Habéis averiguado algo? —me preguntó una vez me acomodé en el asiento del copiloto.

—Ha habido una especie de giro.

—¿Un giro?

—Jordi, llevo todo el día en esa oficina, estoy cansada y hambrienta, no me apetece seguir hablando de ello. No quiero volver a tener pesadillas.

—¿Quieres comer algo antes de que te lleve a casa? —Tenía un hambre terrible, pero no sabía si era una buena idea. Jordi leyó la indecisión en mis ojos—. Yo invito, por el mal trago que te hice pasar esta mañana.

Sonreí. Era un buen chico, que supongo no sabía lo que era el compromiso. Víctor era mi esposo, lo adoraba con todo mi corazón, aunque últimamente casi no lo viera y tuviera la impresión de que él y yo pertenecíamos a mundos diferentes.

—Está bien, tengo hambre, llévame a algún sitio donde podamos estar tranquilos. Me duele la cabeza, lo menos que me apetece es ir a un bar lleno de escándalo.

—Como quieras. —Se encogió de hombros y sonrió—. Conozco el sitio perfecto, donde las hamburguesas están buenísimas.

—Ummm, mataría por una hamburguesa. —Sonreí antes de que los ojos se me cerraran.

Me quedé traspuesta en el asiento del copiloto y me sentí algo confusa cuando Jordi me despertó. No veía ningún restaurante alrededor.

—¿Dónde me llevas?

—Vivo aquí —dijo señalando el primer piso del edificio que se encontraba frente a nosotros.

Me quedé totalmente pálida antes de poder reaccionar.

—Jordi, no puedo...

—No te preocupes Meritxell, soy un gran cocinero. No pienso envenenarte.

No lograba moverme del coche, mi cuerpo no respondía, no quería entrar.

—Yo... tengo que irme a casa.

Jordi salió del vehículo y dio la vuelta abriendo la puerta del copiloto. Se agachó hasta quedarse frente a mí y tomó mi mano izquierda.

—Meritxell, perdóname por lo de esta mañana, no se volverá a repetir. En muy poco tiempo nos hemos hecho amigos y formamos un gran equipo de trabajo... —Al ver mi duda todavía en el rostro continuó—: Confía en mí.

Sonreí, no debía preocuparme tanto, eran las pesadillas que habían turbado mis sueños las que me hacían desconfiar de él. No había maldad en su mirada, ya ni siquiera veía ese rastro de deseo con el que me había observado esa misma mañana.

—Está bien. —Miré la hora, eran cerca de las diez de la noche. Víctor debía de estar muy enojado—. Déjame telefonear a Víctor.

Jordi asintió y me quitó los zapatos de tacón de las manos, mientras iba caminando delante de mí.

Intenté telefonear tres veces y no había forma de que contestara al teléfono; o había perdido de nuevo el aparato o no quería hablar conmigo. Cuando iba a desistir contestó, hablaba muy bajito, como si pudieran escucharlo.

—Hola cielo, ¿estabas durmiendo?

—No, lo siento cariño, tendría que haberte llamado. Perdona que no esté en casa. Mi hermana Paula me ha llamado esta tarde, Daniel está de viaje y ella tiene guardia en la clínica. Alejandro no se encuentra bien y no quiere dejarlo con una niñera. Si no te importa, voy a dormir aquí con él. Pensé llevarlo a casa, pero supongo que estará más cómodo en su propia cama que en nuestro sofá.

—Sí, no te preocupes. Yo todavía no he llegado, he parado a comer algo a la salida de la comisaría. Perdona que antes te colgase el teléfono, me he visto obligada a meterme en esta investigación...

—Cielo, tranquila. Discúlpame, lo que pasa es que últimamente apenas nos vemos con toda esa historia del reportaje y me puse algo celoso de que otro hombre entrara en mi casa cuando yo no estaba.

—Te compensaré por la poca atención que te he prestado últimamente.

—Te quiero, descansa.

—Igual, dale un beso fuerte a Paula y a Alejandro, espero que se mejore.

Colgué el teléfono y miré a Jordi, que sonreía paciente esperando por mí frente a la puerta de su piso.

—¿Todo bien?

—Sí.

—Pasa por favor, esta es mi humilde morada. Es pequeña, pero está bien para mí solo.

Entré a un minúsculo y precioso salón, en el que apenas cabía un confortable sofá de tres plazas en color crema. Enfrente, colgado en la pared, había un tremendo televisor de plasma y debajo un pequeño mueble donde parecía haber algunos aparatos entre los que se encontraba una consola de videojuegos. Las cortinas, de una puerta de cristalera que ocupaba casi el noventa por ciento de una de las paredes de la estancia, hacían juego con el sofá, la puerta daba a una pequeña terraza en la cual pude distinguir una mesa de café y dos sillas.

Todo estaba perfectamente limpio y ordenado, la pintura de las paredes estaba perfecta, en color chocolate, gris y blanco roto. Había algunas plantas que, debido a la luz que entraba por la terraza, tenían un aspecto precioso. Al otro lado del salón se encontraba la cocina, separada de este por medio de una barra americana. Todo parecía nuevo.

—Es una casa muy bonita.

—Gracias, me ha costado mucho poder reformarla y que tenga este aspecto. Está en una buena zona, aunque es pequeña, para mí me sobra. Tengo dos habitaciones, una es mi dormitorio y la otra la utilizo como despacho, y un baño. Ven, siéntate en un taburete al lado de la barra en lo que yo preparo la cena.

—¿Te ayudo?

—No, por favor. Eres mi invitada —dijo abriendo la nevera—. ¿Vino, *coca-cola*, zumo?

—*Coca-cola* está bien.

Me sirvió un vaso de refresco mientras se movía rápidamente con los ingredientes para preparar lo que parecía ser una hamburguesa muy bien acompañada y apetitosa. En unos veinte minutos estábamos cenando.

Durante un rato hubo un silencio lógico, debido a que él parecía tan hambriento como yo. Estábamos los dos dando buena cuenta del plato que teníamos ante nosotros.

—Antes me dijiste que tenías pesadillas. ¿Llevas mucho con ellas?

Suspiré, no me apetecía recordar esas imágenes desagradables en este momento.

—Desde que empezó este caso.

—¿Me las cuentas?

—La verdad, Jordi, prefiero contártelo en otro momento, no quiero recordarlo ahora y volver a tenerlas esta noche. Aunque dudo que pueda soñar hoy con otra cosa que no sean violaciones, asesinatos, violencia…

—Podrías soñar con hamburguesas gigantes preparadas por un magnífico chef.

Sonreí y asentí mientras daba el último mordisco a mi suculenta cena.

—La verdad es que está deliciosa.

—¿Te apetece algo de postre? Tengo helado, fruta, yogures, un café quizás.

—No, no. Muchas gracias, pero no me cabe nada más —respondí mientras me levantaba de la banqueta y me dirigía al salón.

Fue hasta el fregadero con los platos de la cena y sacó de la despensa una caja de los que, sin duda alguna, eran mis bombones favoritos. Se acercó al sofá y me la tendió para que cogiera uno.

—¿Quizás algo ligero de chocolate?

—Esos son mis bombones favoritos. Me voy a poner como una vaca —dije enfurruñada.

Jordi rio divertido por el comentario.

—No digas tonterías, estás perfecta.

Sonreí satisfecha y cogí un bombón que saboreé cerrando los ojos. Jordi cogió uno también y se sentó a mi lado en el sofá, encendiendo el televisor.

—Voy a reposar un poco toda esa comida que acabo de devorar y ahora te llevo a casa.

—Muy bien. —Me relajé y apoyé la espalda en el sofá, mirando hacia la tele. Me sentía cómoda, aunque ya se estaba haciendo muy tarde y estaba cansada.

*

Abrí los ojos y no veía absolutamente nada. Me sentí desorientada por un momento, no sabía dónde me encontraba. Me di cuenta de que estaba tumbada en el sofá y tapada con una manta. Me dolía algo el cuello y me estaba reventando de ganas de orinar. Me levanté y fui palpando a mi alrededor, para ver si encontraba algún interruptor en la pared, y choqué con lo que parecían mis tacones. No se oía ni un solo ruido a mi alrededor.

Después de unos minutos danzando a oscuras de un lado a otro, di con el pulsador que encendía la lámpara de la cocina. Pude comprobar por el reloj del horno que eran las cinco de la madrugada... ¡Dios, me había quedado dormida en casa de Jordi! ¡Víctor iba a matarme! Me entró una especie de ataque de pánico, pero luego recordé que él no iba a dormir en casa esa noche, así que suspiré aliviada.

Me sentía realmente incómoda. Llevaba muchísimas horas con la misma ropa, que se me clavaba por todas partes. Necesitaba una ducha, aunque según mis cálculos podía dormir al menos cuatro horas más. Hasta las once de la mañana no tenía que estar en la comisaría, ya que el inspector Alvarado tenía un par de reuniones importantes a primera hora. Buscaría el baño y luego me iría a casa.

Me daba vergüenza ir vagando por el pequeño piso, parecía que estuviera fisgoneando, pero realmente requería pasar por el lavabo. De las tres puertas que había en el pasillo sólo había una abierta, así que imaginé que ese era el cuarto de baño. Acerté.

Me coloqué un poco la ropa y me recogí el pelo en un elástico que tenía en mi muñeca, ya que se había convertido en una maraña indomable sin un buen cepillo. Me lavé la cara y me miré en el espejo, ahora tenía mejor aspecto. No me apetecía mucho caminar de madrugada, pero la casa de Jordi no quedaba lejos de la mía y en unos diez minutos estaría allí.

Abrí la puerta del baño y me llevé un buen susto al ver a Jordi apoyado en la pared justo enfrente, mirándome con cara de dormido y una sonrisa. Llevaba una camiseta blanca y unos *bóxers* que evité mirar por todos los medios, ya que parecían demasiado abultados.

—¡Joder, Jordi! ¡Qué susto! ¿Siempre tienes que hacer eso?

Sonrió por mi reacción antes de contestar.

—¿Hacer qué?

—Esperarme fuera del baño.

Sonrió de nuevo.

—Lo siento, me despertó el ruido, estoy acostumbrado a estar solo aquí, el más mínimo sonido me acojona. Anoche te quedaste dormida según encendí el televisor. Intenté despertarte pero no me hacías caso, estabas como un tronco. Por cierto, roncas como no había oído a nadie en mi vida.

Me puse colorada como un tomate.

—¡Yo no ronco, tonto! Lo siento, no quería importunarte, estaba muy, muy cansada.

—Tranquila.

—Bueno, me voy a casa, no quiero molestarte más.

—Son las cinco de la madrugada, no me hagas llevarte ahora a casa.

—Iré a pie, no está lejos de aquí.

—No seas tonta, duerme un poco más. En cuanto amanezca te acerco en un momento por si quieres darte una ducha antes de ir a la comisaría.

Se sonrojó, supongo que recordando la imagen de la mañana anterior, y bajó la cabeza.

—Te lo agradezco cielo, pero no aguanto cinco minutos más esta ropa.

—Espera. —Jordi entró en el dormitorio, cogió una camiseta de su armario y me la tendió.

Acepté resignada, no iba a dejar que me fuera sola a esas horas y no quería que se viese obligado a llevarme a casa en su coche.

Pasé al cuarto de baño y me cambié de ropa, la camiseta era oscura y lo suficientemente larga como para poder quitarme los pantalones. Además, me deshice de ese sujetador que me estaba matando, no se notaría, todo estaba muy bien colocado en su sitio. Me acostaría en el sofá un par de horas y luego me iría, no era muy cómodo pero aún estaba muy cansada, no creía que me costase quedarme dormida de nuevo.

Fui hasta el salón y Jordi estaba en la cocina bebiendo un vaso de agua.

—¿Quieres algo?

—No, estoy bien, gracias. Me voy a dormir otro rato.

—¿Qué tal el sofá?

—Bueno, es un sofá... pero estoy cansada, no importa.

—Ven.

Vino donde yo estaba y tiró de mi mano hasta lo que parecía su dormitorio. Encendió la luz, el dormitorio era precioso también. Estaba algo desordenado, tenía la ropa del día anterior tirada encima de un taburete y los zapatos desparramados por el suelo.

—Perdona el desorden. Mi cama es enorme, las sábanas están limpias, te lo prometo, las cambié ayer por la mañana.

Lo miré incrédula mientras reía.

—No pienso dormir contigo —dije tajante. Se encogió de hombros y sonrió.

—Está bien, duerme tú un poco en mi cama. Necesitas descansar y ese sofá es horrible, lo sé... pero yo estoy acostumbrado, me quedo dormido allí un montón de noches —dijo mientras se giraba, camino al salón.

—No, no... —Le agarré del brazo—. No quiero molestar más, Jordi. Has sido muy amable. Dormiré bien en el sofá, de verdad, no te preocupes.

—No voy a permitir que vuelvas a ese sofá.

Miré hacia la cama, la verdad es que era inmensa, estaba muy cansada, necesitaba dormir.

—Ven, anda —le dije mientras tiraba de él hacia su dormitorio. No quería ni pensar en lo que se enfadaría Víctor si se enterase, pero no tenía por qué saberlo. Me metí entre las sábanas, eran muy suaves, daban sueño sólo con rozarlas.

Jordi cerró la puerta y apagó la luz. Se metió en la cama.

No lograba quedarme dormida, no quería hacer ruido ni moverme y rozarlo sin querer. Era incapaz de coger el sueño en ese estado de tensión. Además, el perfume de Jordi... no podía evitar recordar mis pesadillas.

—¿Qué te pasa? ¿Estás incómoda?

—¿Cómo sabes que estoy despierta?

—Porque no oigo esos ronquidos de oso que sueltas. —Le di un golpe en el brazo.

—No, no es eso. Es que estoy un poco tensa, no quiero molestarte y... —Pensé en contarle lo de su olor, pero me daba vergüenza que supiera que él era el objetivo de todos mis sueños paranoicos—. Me da miedo volver a tener pesadillas.

—Ven aquí, gírate.

Me puse de espaldas a Jordi y me aproximé un poco a él, sin llegar a tocarle. Él se acercó y apretó mis hombros con sus manos.

—Relájate. —Estrujó un poco más—. No pasa nada, no estás sola, yo estoy aquí. Son sólo sueños, yo te protejo. —Pasó un brazo alrededor de mi cintura y me atrajo hacia él, pude sentir la evidencia de lo que había visto hacía un rato en sus *bóxers*, pero no me moví ni protesté. Hundió su cara en mi cuello y lo besó—. Descansa, yo vigilo que nadie te ataque.

Sonreí antes de quedarme dormida.

Desperté y la habitación seguía oscura, Jordi continuaba en la misma posición, abrazado a mí. Pude girarme y levantar un poco la cabeza para mirar el despertador digital que había visto en su mesa de noche antes de acostarme. Eran las ocho. Terminé de darme la vuelta en la cama, quedando frente a él. Sin soltar su brazo me estrujó aún más contra sí. La camiseta que me había dejado se había levantado algo con el movimiento y sentía su entrepierna justo encima de mis braguitas. La temperatura de mi cuerpo subía y ese hombre ni siquiera se daba cuenta.

Como si hubiera leído mis pensamientos, se acercó aún más.

—Buenos días, preciosa.

—Buenos días, cielo.

La ausencia de luz no me impedía sentir el deseo en sus ojos, en pocos segundos su piel quemaba bajo las yemas de mis dedos y ya no lo pude evitar. No pensé en nada más, quizás estaba en otra de mis pesadillas, no lo sabía con certeza: el olor era el mismo.

Se acercó y rozó mis labios, no opuse resistencia y lo demás vino solo. Su lengua caliente atravesando mi boca, su sexo duro contra el mío... Sus manos pronto se libraron de mi camiseta y bajó su boca hasta mi pecho, haciéndome gemir... sus manos atravesaron mis braguitas y tiraron de ellas hacia abajo.

No podía resistirme, caliente y cómoda entre sus brazos no lograba recapacitar. Subió de nuevo a mis labios, ese perfume me iba a matar, ¡cómo podía oler tan bien a esas horas! Se colocó con dulzura encima de mí y me penetró sin pensarlo dos veces, con movimientos enérgicos... me sentía más húmeda de lo que había estado en toda mi vida y pronto llegué al orgasmo. Él, lejos de parar, aminoró la marcha. Sin dejar de penetrarme se colocó a mi lado, frente a mí, y siguió moviéndose despacio, acariciando mi cabello, mi cara, mi cuello, mi pecho, mi estómago, mis nalgas... pronto la excitación volvió y esta vez fui yo la que me coloqué encima, cabalgando, primero despacio. Sentía su sexo cada vez más duro y aceleré hasta que sentí que llegaba un segundo clímax, que esta vez estuvo acompañado por el suyo.

Demasiado agotada para moverme, él me abrazó. Mi pecho estaba cubierto de gotitas de sudor, pero no parecía importarle. Me tumbé a su lado, de espaldas a él. No había rastro de arrepentimiento, ni de remordimientos en mí, no pensé en nada, tenía la mente completamente en blanco. Jordi me abrazó y nos quedamos dormidos de nuevo.

Para cuando desperté, por un segundo pensé que todo había sido un sueño hasta que noté el exceso de humedad en mi ropa interior y mi pecho desnudo. No sabía qué pensar, pero era tarde para montar el numerito de soy una mujer casada y feliz. Yo lo había provocado y simplemente había pasado.

Conseguí desprenderme de su brazo y fui al cuarto de baño, intentando hacer el mínimo ruido posible. ¡Necesitaba una ducha más que nunca! Me colé dentro de la bañera y dejé caer el agua caliente en mi piel. Lo único que se me ocurrió pensar era que Víctor iba a matarme.

Cuando estaba terminando de tomar la ducha, Jordi se coló en la bañera. Su expresión era algo extraña, entre susto y excitación. Supuse que le aterraba cuál podía ser mi reacción, pero yo todavía no podía enfrentarme a lo que había sucedido. Lo miré y le sonreí, quizás con algo de frustración también en el rostro.

No me dijo nada, sólo me besó, y me besó y me volvió a besar. Me apoyó contra la pared y subió una de mis piernas, que llevó hasta su cintura. Me volvió a penetrar... pensé que iba a enloquecer de placer en ese mismo momento... Sin dejar de moverse vigorosamente, apartó sus labios de los míos y miró a mis ojos, muy serio, sin decir nada. No aparté la mirada, no pude... diez minutos después estaba tomando mi segunda ducha, esta vez en su compañía.

Me tendió una toalla y me sequé, fui hasta su dormitorio en busca de mi ropa, que había dejado la noche anterior encima de una butaca. Eran cerca de las diez y media de la mañana. Tenía que irme corriendo a casa a cambiarme y luego a la comisaría.

Jordi entró después de mí, completamente desnudo.

—Voy a hacer un café, ¿te apetece?

—Tengo que irme, a las once he quedado con el inspector Alvarado.

Jordi se dio la vuelta y desapareció por el pasillo, trajo mi móvil y me lo tendió.

—Toma, avísalo de que llegarás tarde.

Lo miré indecisa, pero realmente necesitaba un café, pasar por casa a cambiarme y digerir todo esto que había pasado y que todavía era incapaz de asumir. Tecleé un mensaje que envié al inspector Alvarado. Me coloqué el sostén y las braguitas, ¡cómo hubiera agradecido tener unas limpias! Me puse el top y fui a buscar el café que ya me esperaba humeante en la pequeña barra americana.

Lo tomé sin cruzar ni una palabra con él, no se me ocurría nada que decir y empezaba a sentirme avergonzada. La luz del día que inundaba el salón hacía indudable que todo esto no era uno de mis sueños, que era real, que había dejado que ocurriera. Agité la cabeza, no quería preocuparme de ello ahora, teníamos que irnos a trabajar, ya pensaría en todo esto más tarde.

—¿Tienes hambre? —Me moría de hambre, pero tenía que salir de allí.

—No. —Solté la taza dentro del fregadero y me di la vuelta antes de que pudiera decirme nada más. Me dirigí a su habitación para ir en busca de mis pantalones.

—Yo tengo mucha hambre.

Pero en lugar de quedarse en la cocina y comer algo, me siguió hasta su dormitorio, me quitó los pantalones que ya sujetaba en mis manos y los tiró al suelo.

Lo miré incrédula mientras él me abrazaba y me empujaba de nuevo hacia su cama.

—Eres insaciable... tenemos que irnos.

—No sé si alguna vez volveré a tener oportunidad de hacer esto, no quiero dejarte ir todavía. Aún estás bajo mi hechizo y sé que no quieres irte.

—Pero...

Me besó para hacerme callar, me tumbó en la cama y me quitó de nuevo las braguitas.

—Tengo mucha hambre —dijo antes de bajar más allá de mi ombligo y hundir su cabeza entre mis piernas, esta vez haciéndome chillar de auténtico placer. No me dejó apartar su cabeza ni un momento, e hizo que el clímax llegara dos veces más antes de estar completamente satisfecho, después de lo cual me penetró fuertemente un par de veces, hasta que él llegó a lo que sin duda había sido el orgasmo más rápido que yo había visto.

—Estoy agotada, tengo que pasar por casa, necesito ropa limpia.

Jordi asintió y por fin se vistió y dejó que yo lo hiciera también.

Pasé por casa, no quise mirar a ningún lado, entré con la cabeza gacha en mi dormitorio, me cambié rápido de ropa y salí corriendo. Jordi esperaba en el coche y me acercó a la comisaría. Estuvimos muy callados todo el camino.

Capítulo 24

Ariadna

Estaba agotada, tanto física como psicológicamente. No podía entender todo lo que estaba descubriendo. ¿Cómo era posible que la policía ni siquiera corroborara la edad de una chica que aseguraba haber sido violada? ¿Cómo podía Noelia haber quedado embarazada de un violador y guardar el secreto durante tanto tiempo? ¿Cómo era posible que no hubieran relacionado nada? ¡No lo entendía!

Frustrada, salí de casa de Noelia después de haber llenado páginas enteras de mi libreta, que pronto debería empezar a transcribir al ordenador.

—¿Te encuentras bien? —Rita se había ofrecido a llevarme a casa, tenía que asimilar todo esto antes de continuar.

—Sí, estoy un poco… sorprendida. Eso es todo.

—Descansa, tómate el resto del día libre. Si necesitas mi ayuda, mañana podemos quedar e intentar localizar a otra de la lista.

Asentí y apoyé la cabeza en la ventana del coche, cerré los ojos un momento. Rita me dejó en la puerta de casa.

Antes de salir del vehículo rebusqué en mi bolso en busca de las llaves, odiaba estos bolsos enormes, siempre se me perdía todo en ellos. Caminé hasta la verja para darme cuenta de que no estaba cerrada con llave, juraría que la había pasado esa mañana. Gonzalo me había advertido que cerrara todo bien antes de marcharme, ya que tenían cosas de valor en el jardín y el garaje y no quería tener problemas. Podía ser un despiste, estaba cansada y excitada, aunque tenía que reconocer que Meritxell tenía razón. Estos casos te van comiendo por dentro.

Entré en el gran salón y la luz estaba encendida, me quedé paralizada por el susto y se me cayó el bolso al suelo. Recorrí con la mirada toda la estancia y no había nadie. Me podía haber dejado la puerta abierta, pero estaba segura de haber apagado todas las luces. Oí ruido en la cocina y al asomarme vi a Gonzalo sentado en la pequeña mesa tomando un sándwich.

—¡Gonzalo! —Me lancé a abrazarlo y besarlo por todas partes, él reía aún con la boca llena—. ¡Me has dado un susto de muerte!

Empecé a darle golpes por todas partes.

—Para susto el que me has dado tú, llevo llamándote días y ese puñetero teléfono siempre me aparece fuera de cobertura. Sólo pensaba que estabas investigando a un violador y se me ponían los pelos de punta. ¿Por qué no me has llamado?

—Oh, cielo… he perdido el teléfono —dije frustrada, sentándome encima de su regazo como si fuera una cría—. Pensé que lo había dejado en tu coche y que lo verías, pero supongo que si no es así es que se quedó en la casa rural. La cuestión es que tuve que comprarme un prepago y no me sabía tu número, y tampoco me acordaba del nombre de tu empresa. He llamado a todas las inmobiliarias y en tres trabajaba un tal Gonzalo Jiménez. ¿Te lo puedes creer? He dejado recados para que me telefonearas, pero nada…

—No he tenido ocasión de volver a casa, he estado liado. Es más, hoy mismo me voy de viaje unos días.

—¿Hoy? Pensé que te quedarías un poco conmigo.

—Cielo, he venido para comprobar que estabas bien. Veo que te las apañas.

—Pero, ¿a dónde te vas?

—Me ha surgido un imprevisto con un familiar, nada, un rollo, ya te contaré.

Asentí y empecé a besarlo. Ya nada me importaba. Lo había echado mucho de menos y tenía ganas de abrazarlo, de besarlo…

Me llevó hasta la cama donde hicimos el amor, luego le conté todo lo que había descubierto esos días. Nos quedamos dormidos abrazados.

Cuando me desperté, eran las siete de la tarde y Gonzalo no estaba en la cama. Supuse que andaba comiendo algo en la cocina y bajé la escalera. Pero allí no había nadie ya, tenía una nota en la nevera: «No quería despertarte, parecías muy cansada. Te quiero, nos veremos en unos días». Debajo tenía un número apuntado: «Llámame para tener tu nuevo número de teléfono».

Me quedé muy triste, no quería que se fuera sin despedirse. Se me saltaron las lágrimas y con la boca en morros, como si fuera un bebé, agarré una tarrina de helado de chocolate que me zampé viendo una película que daban por la tele.

Capítulo 25

Meritxell

Estaba temblando. No estaba segura de si en la comisaría hacía frío hoy, o quizás todo lo que había pasado en el día me estaba pasando factura y no lograba afrontarlo.

¿Qué iba a hacer ahora? ¿Cómo podía seguir viendo cada día a Jordi? Y peor aún, ¿cómo iba a enfrentarme a Víctor después de lo que había hecho? Yo amaba a Víctor, pero hacía tiempo que no encontraba esta pasión en nuestro dormitorio. Me di cuenta de que el inspector Alvarado no paraba de parlotear, pegado a esa pizarra de crímenes horrorosos, no podía concentrarme, no podía prestarle atención. Intentaba seguir el hilo de todo, por el caso, por mi amiga desaparecida… pero sólo podía pensar en Jordi colándose entre mis piernas.

El inspector se me quedó mirando, quizás esperando una respuesta de algo que me había preguntado y de pronto sonó su teléfono móvil… ¡uf, salvada!

—Miki, ¿qué ocurre? ¿Alguna noticia? Todo bien… pero, ¿tiene que ser ahora?... muy bien, muy bien, tranquilízate. Cuéntamelo… ¡¿qué?! ¡Creí haberte pedido expresamente que nadie debía saber sobre ese tema! ¡Me lo prometiste! —De pronto volví a la tierra, por lo que yo sabía no había otro Miki que no fuera Miguel Suárez, mi jefe. El inspector Alvarado se dio cuenta de que yo estaba escuchando demasiado y me hizo un gesto para que esperara un momento mientras él salía de la habitación.

Me puse a observar las fotos, me ponía la piel de gallina, todo esto se me hacía grande. ¿Qué hacía yo aquí? Llevaba dos horas en la comisaría y no había hecho otra cosa que fantasear e intentar afrontar un problema que no sabía cómo iba a solucionar. Mi tranquila vida se estaba complicando demasiado.

Pasó una media hora antes de que el inspector volviera, todavía seguía hablando por el móvil, pero esta vez tenía otro tono, no hablaba con Miguel.

—Sí... eso es, tú sólo sigue mis órdenes. Habla con Rubén Cardona. Dile todo lo que te he dicho y pregúntale si la ha visto, si sabe algo... no, Alexander, no voy a explicarte nada más, espero tu llamada.

—¿Ha ocurrido algo?

—No estoy seguro, pero creo que Ariadna nunca ha estado desaparecida.

—Pero, ¿está bien?

—No hemos logrado hablar con ella, pero sí —refunfuñó algo—, a alguien se le olvidó contarme algo y han pagado los contribuyentes, cuyas aportaciones se han derrochado en la búsqueda de alguien que no estaba desaparecido.

No entendía nada, supuse que ese «alguien» era mi jefe, ¿cómo podía saber Miguel dónde estaba Ariadna? Él estaba tan preocupado como yo... no lo entendía, pero me aliviaba saber que sabían dónde podían localizarla. No podría respirar tranquila hasta que supiera que Gonzalo y ella estaban bien y que ese hombre no tenía nada que ver con todo esto.

El inspector recibió otra llamada, esta vez salió de la habitación refunfuñando antes de contestar al teléfono.

Era mejor apartar mis pensamientos de toda la locura de mi vida y centrarme a ver si podía ayudar en algo. Miré de nuevo aquellas fotos, aquellas cicatrices parecidas a las mías, no eran todas exactamente iguales... ¿qué sentido podían tener esas marcas? ¿Por qué alguien marcaba así a una persona después de violarla y años después volvía para matarla? ¿O era cosa de otro violador, quizás alguien que hubiera conocido en la cárcel o en algún macabro sitio que hubiera dado instrucciones a otro violador para que acabara con esas personas?

—Meritxell, necesito pedirle algo —el inspector Alvarado entró de nuevo en la habitación. Miré hacia él, supuse que me pediría algunas horas más de trabajo, o que fuera a investigar más sobre Vanessa Meyer, o sobre Gonzalo o sobre Ariadna—, necesito que venga conmigo a Santa Catalina unos días.

—¿Qué? —No me lo creía, no quería inmiscuirme más en todo esto.

—Ahora mismo la necesito, toda la ayuda es poca. Miguel vendrá también. Puede traer a su ayudante, a ese Jimmy...

—¿Jordi?

—Eso, Jordi, es un gran fotógrafo y se fija bien en los detalles... se están complicando las cosas.

—Yo... no sé qué decir... tengo que hablar con Víctor. No creo que sea necesario que Jordi venga con nosotros, no es más que mi ayudante —dije esto último sabiendo que no era cierto, pero no podía irme de viaje con él.

—Bueno, déjeme su teléfono. Hablaré con él de todas formas a ver qué opina.

Mierda. Esto se complicaba demasiado. Le di el número de Jordi y me excusé para irme a casa, tenía que hablar con Víctor.

Cogí un taxi en la entrada de la comisaría y le di la dirección de mi casa al conductor. Me di cuenta de que todo esto no era otra pesadilla, había ocurrido algo que podía acabar con mi matrimonio. ¿Cómo podía mirar a la cara a Víctor? Tenía un nudo en la garganta. No quería irme a Santa Catalina, quería que todo esto se terminara de una vez. No quería dejarlos en la estacada y por supuesto quería solucionar lo de Ariadna, pero...

—Señorita... son tres con cincuenta, ¿es aquí, no?

—Sí, sí... —Abandoné mis pensamientos. Le tendí un billete de cinco euros al taxista y salí sin esperar la vuelta.

Estaba nerviosa, me temblaba todo el cuerpo, sentía un sudor frío en las manos. Mientras subía en el ascensor me miré en el espejo en busca de alguna marca, de alguna señal que dijera «me he acostado con otro hombre», pero allí no había nada.

Entré y solté el bolso y las llaves, el nudo de la garganta apretaba aún más fuerte. Aunque era consciente de que de nada servían ya los lamentos, que no había sido algo casual, que si no hubiera querido hacerlo, lo hubiera evitado. No hubiera entrado a su casa y mucho menos a su cama… no fue algo loco, del momento, ya que ocurrió varias veces en unas horas… así que arrepentirme no servía. Debía afrontarlo. Decidir qué hacer. ¿Se lo contaría a Víctor? ¿Intentaría explicarle que lo amaba, pero que necesitaba un poco de pasión que otro hombre me había dado? Dios, no podía partirle el corazón de esa forma…

—Hola preciosa. —Víctor apareció con el delantal puesto—. ¿Qué tal el día? ¿Ya has resuelto el dilema?

—¿Dilema? ¿Qué dilema? —Palidecí.

—El de ese asesino en serie —dijo entrando de nuevo en la cocina. Suspiré aliviada.

—Yo no soy policía, estorbo en todo esto, pero ellos no se dan cuenta y me tienen metida hasta el cuello —dije, ahora algo molesta. No sabía por dónde echar toda la rabia que sentía, toda la impotencia y la culpabilidad que de pronto se estaba ciñendo sobre mis hombros.

—Estoy terminando de preparar la cena, he hecho canelones a la boloñesa. Sé que te encantan.

—¿Y eso? Tú odias cocinar.

Entré en la estancia y vi un ramo de rosas encima de la mesa y una cajita bien empaquetada con un lazo. La mesa estaba puesta con las velas encendidas, miré extrañada a Víctor y luego al calendario…

—Feliz cumpleaños, cielo.

Víctor se acercó a mí y me abrazó. Besándome, apretándome contra él.

—Lo… lo… lo había olvidado —tartamudeé. Víctor me miró preocupado por un momento, pero luego sonrió y me volvió a besar.

—Me alegra haberte sorprendido, son cosas de la edad. Con treinta y uno ya uno empieza a olvidarse de todo.

Nos sentamos a cenar después de abrir mi regalo, que contenía un corazón de oro con un rubí al final de un precioso colgante. El nudo apretaba más y más en mi garganta. Di un trago a una copa de vino que Víctor acababa de servirme, intentando evitar las lágrimas que estaban a punto de asomar y que no estaba preparada para explicarle. Él parecía muy feliz, no se percataba de nada.

—¿Dormiste bien anoche?

—¿Qué? —Volví a quedarme pálida.

—Sé que odias dormir sola y más estas últimas semanas en las que tienes muchas pesadillas.

—Sí, me desvelé un par de veces, pero enseguida cogí el sueño de nuevo —respondí bajando la vista hacia el plato, para que no descubriera la palabra «mentirosa» en mis ojos.

—¿Qué te ocurre? Pareces ausente.

—Tengo que contarte algo. No va a gustarte.

—Adelante. —Víctor sonrió preocupado. Tenía que hacerlo, tenía que contárselo, nunca le había ocultado nada, siempre lo habíamos hablado todo. Pensé un instante, todavía no sabía si quería afrontar lo de Jordi de esta manera, si se lo contaba mi matrimonio se podía ir al garete, no quería perder a Víctor, no podía...

—Me han pedido en la comisaría que viaje unos días a Santa Catalina.

—¿A Santa Catalina? —Víctor pareció aliviado al escucharme.

—Sí, han descubierto el origen del Asesino del Mordisco allí, y bueno, quieren que vaya, que ayude en la investigación y que todo lo que se avance lo vayamos adelantado para un sonoro reportaje en cuanto atrapen a ese tipo...

—¿Vayáis adelantando? —Parecía preocupado de nuevo.

—Sí, la verdad es que no sé cómo lo he hecho. Allí están un tal Rubén Cardona y Alexander Hernández, que son inspector y agente de policía. De aquí iremos el inspector Tony Alvarado, Miguel Suárez, mi jefe, Jordi, mi compañero en el caso y yo. No voy a mentirte, no hay una jodida mujer metida en todo este jaleo que no sea yo.

—Bueno, si tienes que hacerlo, yo no voy a decir nada en contra... —Intentó sonreír, aunque yo sabía que no le gustaba la idea.

—Víctor, yo no sé si quiero hacerlo. No ir significa arriesgar mi puesto de trabajo, ¿crees que este puesto vale la pena?

—Cielo, llevas ocho años en *Maze News*, has llegado muy alto...

—Lo sé, lo sé... pero... yo no quería llegar donde estoy ahora precisamente.

—Bueno, es algo que debes decidir tú. Yo te apoyaré en lo que quieras hacer.

Víctor sacó un par de porciones de tarta de chocolate del frigorífico, que estaba tan deliciosa que por un momento logré olvidarme de todo. Una vez terminamos de cenar, me agarró de la mano, me levantó de la silla y me atrajo hasta él.

—Te quiero, preciosa. Que cumplas muchos más. —Besó mi nariz.

—Te quiero. Gracias por todo esto, he tenido un día horrible y ni tan siquiera había recordado mi cumpleaños en medio del jaleo.

—Haré que el final del día sea tan bonito que no puedas recordar otra cosa que mis labios por todo tu cuerpo.

Se me puso la piel de gallina, mientras Víctor tiraba de mí hacia nuestro dormitorio. No me apetecía tener sexo en estos momentos, me sentía mal por lo de Jordi, por haber engañado de forma tan descarada a mi esposo, mientras él se partía por prepararme algo bonito por mi cumpleaños... pero no podía decirle que no.

Víctor se tomó su tiempo en cada esquina de mi piel, sus manos atravesaban mis braguitas y su lengua jugueteaba con la mía. Pronto pude quitarme de la cabeza todas las preocupaciones y me entregué a mi marido, que lo estaba dando todo por hacerme feliz aquella noche.

Amaneció y yo me sentí más culpable que nunca, me di una ducha y fui a preparar café.

Víctor apareció con una gran sonrisa en la cocina, que esta mañana tenía un estupendo y suave olor a rosas.

—¿Cuándo te marchas a Santa Catalina? —me preguntó después de abrazarme por la espalda y besar mi cuello.

—Aún no lo sé, supongo que me lo dirán hoy. Te llamaré en cuanto lo sepa. No serán muchos días, o al menos eso espero.

Víctor me giró y me dejó frente a él, mirándole a los ojos.

—Está bien, cielo —dijo, sin apartar la vista—. Quiero que pienses en algo mientras estés allí. No sé si es el momento, no sé si te apetece, apenas hemos hecho algún comentario al respecto en los últimos años... pero, si queremos tener... bueno, si quieres que tengamos niños... no deberíamos esperar mucho más.

Me sorprendí, me quedé sin palabras, sin nada que decir. Nunca habíamos mencionado la idea de tener hijos. Yo lo había pensado muchas veces, pero nunca encontraba el momento para hablarlo... lo que tenía completamente claro es que este no era el momento adecuado.

Sonreí para disimular toda aquella pesadilla.

—Lo pensaré.

Víctor sonrió y me besó en los labios.

Capítulo 26

Ariadna

Rita parecía algo nerviosa cuando descolgué el teléfono.

—Ariadna, tienes que venir ahora mismo. He localizado a Yurena Santana, la segunda víctima de tu lista, he logrado convencerla para que hable contigo. Tienes que ir ahora mismo.

—¿Dónde he de verla?

—Te recogeré en media hora.

Colgué el teléfono y salté de la cama, necesitaba una ducha, si no sería incapaz de hacer más de dos preguntas seguidas, había estado buena parte de la noche buscando información en Internet y adelantando parte de mi reportaje, lo que había causado que se me pegaran demasiado las sábanas esta mañana.

Apenas terminaba de tomar un café y ya llamaban a mi puerta. Salí corriendo. Rita parecía ansiosa.

—¿Qué ocurre?

—Mejor te lo cuenta ella misma.

En unos diez minutos estábamos en una cafetería de la zona, sabía que Yurena Santana tenía unos veintinueve años. Lo había comprobado en su ficha antes de salir de casa, pero esa mujer aparentaba al menos treinta y cinco. Rubia de ojos claros, con una melena perfectamente peinada que le sobrepasaba los hombros, parecía nerviosa ante un vaso gigante de algo que parecía un batido.

—Hola Yurena, hemos hablado antes por teléfono, esta es Ariadna.

—Encantada. —Le tendí la mano y le ofrecí una gran sonrisa. Ella respondió a mi saludo.

—Por favor Yurena, cuéntale lo que me has contado a mí esta mañana.

—Como sabes, a mí también me violaron en noviembre de 2009, hace ahora un año y cuatro meses. —Asentí, comprobando en mis notas que las fechas que me había facilitado Miguel eran correctas—. Pude ver algo de la persona que me atacó.

—¿Se lo contaste a la policía en su momento?

—Digamos que no me hicieron mucho caso.

—¿Por qué? —Pregunté, mientras presionaba el botón de mi bolígrafo para tener preparada la punta y escribir todo lo que aquella chica tenía que decirme.

—Bueno, nunca he sido una «niña buena», ya había tenido problemas con la policía en un par de ocasiones. Antes bebía demasiado y siempre hacía lo que me daba la gana. Tenía algunas denuncias por robo, los agentes de policía no me caían muy bien y yo a ellos tampoco.

—¿Qué quieres decir?

—Me preguntaron una y otra vez si el «incidente» no habría ocurrido por haber tomado demasiadas copas y haberme ido con el primero que pasaba. No me sentó muy bien el comentario y digamos que la nariz de uno de los guardias cayó sobre mi puño... en un par de ocasiones o tres.

Abrí los ojos asombrada, parecía una chica modosita, para nada tenía aspecto de una borracha que se mete en peleas con la policía.

—No sólo no hicieron nada para atrapar a la persona que me había violado. Ni siquiera tomaron nota cuando les dije que había logrado ver algo del tío que me atacó. Además, me fui a casa con una multa por agresión a un policía y me amenazaron para que no volviera a pasar por la comisaría para hacerles perder el tiempo.

Apunté todo lo que pude en mi libreta y levanté la vista. Yurena lucía un bonito bronceado y llevaba un gran escote en V, con una camiseta que cubría lo mínimo de sus pechos. No había rastro de cicatrices. Abrí la carpeta en busca de las fotos correspondientes a la víctima número dos y ahí aparecían seis cortes en forma de hexágono o algo por el estilo, en su pecho y también cerca de su ombligo.

—Si buscas mis cicatrices, ya no están. Cirugía con láser, varias sesiones y tratamientos cuyo montante alcanzó los tres mil euros. Los tres mil euros mejor gastados de mi vida. No soportaba mirarme al espejo, cada vez que lo hacía sentía a ese hijo de puta encima de mí...

Miré a Rita, que también apuntaba algo en una libreta...

—¿Qué apuntas? —le pregunté.

—Si localizo a ese capullo antes que la policía, te juro que le cortaré las pelotas y haré que se las trague.

Yurena sonrió, pero a mí no me hacía gracia. Odiaba reavivar las heridas de aquellas chicas, que fueron violadas, torturadas e ignoradas de forma inigualable por la policía. Esperaba que el inspector Cardona pudiera darme respuesta al porqué de tanto pasotismo. Esa misma noche tenía que encontrarme con él. Preferí no contestar al comentario de Rita. Me dirigí de nuevo a Yurena.

—Cuéntame lo que recuerdes de tu atacante.

—Su olor. Inconfundible, si pudiera olerlo de nuevo, podría identificarlo con los ojos cerrados.

Saqué el frasco de perfume que había comprado unos días antes con Rita y se lo tendí a Yurena, que lo miró con cierto pánico. Abrió la botella, pulverizó un poco en un trozo de papel y, al mismo tiempo que palidecía como si hubiera visto un fantasma, asintió y me lo devolvió. Apunté en mis notas la reacción de la víctima al oler el mismo perfume que Rita estaba segura que era el del violador.

—¿Qué más?

—Tenía la barbilla y la boca destapadas, pude percibir una piel suave, sin pelo. No podría decir si se acababa de afeitar o simplemente no crecía vello en ella. Labios carnosos y dientes perfectos, de color blanco, demasiado blanco, parecía que acabara de darse uno de esos tratamientos blanqueadores que anuncian en televisión.

—No es mucho, la verdad —dije decepcionada. Después de la reacción de Rita esa mañana, casi esperaba un mapa con una flecha que señalara al violador.

—No es todo. Cuando ese tío me atacó, como no me estaba quieta y le atiné un par de puñetazos, me estampó la cabeza contra la carretera. Quizás durante un rato perdí el conocimiento, supongo que por eso se tomó su tiempo en vestirse antes de largarse, estaba de rodillas junto a mí colocándose la camiseta, no parecía tener ninguna prisa… el tatuaje era muy pequeño, pero pude verlo bien.

—¿Qué tipo de tatuaje era?

—Unos símbolos, en chino o japonés, o algo por el estilo.

—¿Sabes cuántos millones de tíos con símbolos chinos tatuados puede haber?

—Tengo memoria fotográfica. Según se fue y me dejó tirada allí, saqué un trozo de papel de mi bolso y un bolígrafo y lo dibujé, no era muy complicado. —Yurena tendió la mano hacia su bolso y sacó de su cartera un trozo pequeño de papel con un símbolo: 咬

—¿Sabes qué significa?

—Ni idea, apenas sé decir dos o tres palabras en inglés y pretendes que sepa chino. Pero sí sé que lo tenía en un sitio un tanto peculiar. En la planta del pie, a la altura del talón. Era noviembre, pero esos días había una ola de calor, él llevaba puestas unas sandalias por lo que pude verlo bien.

—¿Estás segura de que lo dibujaste tal cual?

—Completamente, pude verlo durante un rato y lo memoricé, como ves no es complicado.

Asentí.

—¿Puedo quedármelo?

—Sí, lo he dibujado como ochenta veces más, por si se me perdía el papel, y lo tengo grabado en el PC y aquí —dijo señalando su sien.

—Intentaré averiguar algo, a lo mejor si sabemos qué significa nos acerquemos un poco más a él. Quizás es su nombre en chino o el de alguna novia que tuvo, o el de su madre… ¿Qué más puedes contarme?

—En la espalda de ese hombre no había vello tampoco, además era algo fuerte, quizás como alguien que le dedica unas horas semanales al gimnasio para hacer pesas, ese capullo tenía mucha fuerza.

Conmigo no puede cualquiera, te lo aseguro, y una vez me sujetó no hubo nada que hacer. No era muy alto, estatura media quizás.

—¿Pudiste ver el color de su pelo o de sus ojos?

—No, tenía una especie de capucha o pañuelo o algo por el estilo.

—Muchas gracias por tu ayuda, Yurena.

—¿Puede hacerme un favor? —Asentí, mientras me levantaba y recogía mis cosas—. Dígale a los agentes Perera y Rainieri que sigo pensando que son unos tremendos hijos de puta y que deberían estar en la cárcel con ese jodido violador.

Asentí de nuevo. Apunté los nombres de los agentes, no pensaba decirles nada por el estilo, pero estaba bien saber el nombre de los policías que ignoraron a las chicas.

—Rita, ¿a ti también te atendieron los mismos agentes?

—No me acuerdo mucho de ellos, pero el apellido Rainieri me es familiar, sí.

*

Rita y yo fuimos a almorzar algo, había sido una mañana provechosa.

—Parece que el tío tiene preferencia por las chicas problemáticas —dijo sin pensar que Rita había sido una de las víctimas

—Sí, eso parece. Pero eso no quiere decir que nos mereciéramos algo por el estilo.

—Yo no he dicho eso. Sólo que parece más fácil atacar a alguien a quien sabes que la policía no va a hacer ni caso.

Asintió.

—¿Cuál es el siguiente paso?

—Esta noche tengo una cita con el inspector de policía.

Rita soltó un bufido.

—Si no nos hicieron caso desde un principio, no creo que lo hagan ahora tanto tiempo después.

—Ahora hay un montón de víctimas y una de ellas fue asesinada. No es ninguna broma.

—Suerte con ese inspector. Todavía quedan dos chicas por localizar, no consigo dar con ellas. —Miró una libreta que tenía a mano—: Elena Morales, fue la primera víctima hace algo más de dos años, y Ángela Batista, violada hace poco más de tres meses.

—Quizás el inspector Cardona pueda ponerme en contacto al menos con la última víctima.

—Tengo que irme, si quieres hablamos mañana y me cuentas qué excusa ha puesto ese policía.

Pagué la cuenta y Rita me dejó en casa antes de marcharse.

Tercera parte:

Un solo agresor

Capítulo 27

Meritxell

El camino a Santa Catalina se me hizo eterno. Como de costumbre, Víctor no contestaba al teléfono, y le mandé un simple mensaje para decirle que me iba, que en principio estaría fuera una semana, que no lo podía posponer y que me iba ese mismo día. Me hubiera gustado hablar con él para sentirme un poco más reconfortada.

Jordi y yo viajamos juntos. Miguel no quiso venir en coche, tenía un asunto importante que necesitaba dejar resuelto y luego iba a coger un avión, así que llegaría prácticamente a la misma hora que nosotros. El inspector Alvarado se había ido a primera hora de la mañana y había llegado hacía unos minutos al destino, nos esperaría en la comisaría mientras se reunía con el inspector Rubén Cardona y con el agente Alexander Hernández para examinar las pruebas de las que disponían y decidir qué camino seguir.

Me sentía incómoda, no sabía a dónde mirar, no sabía qué decir, así que apoyé la cabeza en la ventana del copiloto y me hice la dormida durante un buen rato, pero cuatro horas de trayecto daban para mucho. Era cerca de la una del medio día y aún faltaban unas dos horas de camino, no había tomado más que mi café de las siete de la mañana y me sonaban las tripas. Jordi rio.

—Parece que tu estómago se queja, ¿tienes hambre?

—Un poco —susurré, sin dejar de mirar por la ventana del copiloto.

—Buscaré algún lugar para tomar algo.

—No deberíamos, vamos a llegar muy tarde.

—La verdad es que estoy cansado de conducir. Necesito estirar un poco las piernas, comer y beber algo.

Me encogí de hombros como respuesta. Diez minutos de silencio después…

—Meritxell, ¿estás enfadada conmigo?

—No, contigo no. Más bien conmigo misma. —Fue la primera vez que miré a Jordi en todo el trayecto. No sabía si debía hablar de todo lo que había pasado, pero si había alguien con quien podía hacerlo era con él.

—No voy a pedirte disculpas —susurró. Parecía algo triste.

—No tienes que hacerlo.

Encontramos lo que parecía un agradable restaurante donde servían comida casera. Tenía una pequeña terraza con apenas tres mesas de madera rústica, que daba a una playa no demasiado grande y que, a pesar del buen tiempo que hacía para estar en mayo, se encontraba prácticamente desierta. Las vistas eran preciosas.

En silencio nos dimos un pequeño atracón de primer y segundo plato, más postre y café.

—No tienes muy buen aspecto —dije finalmente para romper el incómodo silencio.

—No tenía que haber comido tanto —dijo frotándose el estómago—, me ha dado algo de sueño, ¿te importa si damos un paseo por la playa antes de irnos? A lo mejor así me despejo un poco.

Asentí, nos quitamos los zapatos y bajamos a la arena. Fuimos hasta la orilla y dejamos que el agua congelada de la marea rozara nuestros pies. Dimos un paseo de unos veinte minutos, escuchando el susurro de las olas al romper en la orilla. Aunque el silencio se hacía persistente, ya no resultaba tan incómodo.

—Me pregunto si te apetece hablar sobre lo que ocurrió la otra noche.

—La verdad es que no me apetece, Jordi. Creo que es mejor que nos concentremos en el caso, ayer me dijo el inspector

Alvarado que creían saber dónde está Ariadna. —Me miró con los ojos como platos.

—¿En serio? ¿Y no me lo dices hasta ahora?

—Perdona, estaba en mi egoísta mundo, compadeciéndome. —Me miró aún más sorprendido, imaginé que por mi directa sinceridad—. Supongo que en cuanto lleguemos nos dirán más.

—Ya me siento más espabilado, ¿quieres que retomemos el viaje?

Asentí y nos dirigimos al aparcamiento. El resto del camino me sentí algo más cómoda, Jordi puso la radio y el trayecto restante se me pasó rápido.

Para cuando llegamos a Santa Catalina, Miguel ya se encontraba en el hotel Princesa Mireia. Era un agradable hotel en una zona tranquila, con infinitas pinceladas de color verde a su alrededor, los grandes jardines que lo rodeaban hacían que el perfume te embriagara según pasabas la verja de entrada a los aparcamientos, un encanto demasiado especial quizás para ser elegido como estancia de negocios.

Los tres teníamos habitaciones contiguas. Saber que Miguel estaba pared con pared de mi dormitorio me hacía olvidar que Jordi también lo estaba. Nos tomamos un café los tres juntos en la amplia recepción.

—Señor Ocampo, ¿podría ir en busca del portátil y la cámara de fotos? Traiga toda la información de la que disponga sobre el caso.

Jordi asintió y sobre la marcha se levantó de su sitio. Miguel se dirigió a mí una vez mi compañero despareció de la cafetería.

—Tengo que contarle algo.

—¿Qué ocurre?

—Podíamos haber sabido dónde estaba Ariadna desde un principio, pero la verdad es que me cegué con todo ese lío de la exmujer de Gonzalo Jiménez y no lo pensé.

—¿Qué quiere decir?

—No sé cómo empezar. Digamos que Ariadna intentó advertirme que usted no se sentía bien con el puesto que decidí asignarle.

—¿Ariadna habló con usted de eso? —Me resultaba extraño, ya que ella no me había ofrecido el más mínimo apoyo en las últimas semanas. Además Miguel era nuestro jefe, una persona distante y con la que era difícil entablar una conversación.

—Cuando le di mi negativa a apartarla de sucesos, me pidió permiso para ayudarla y le prohibí que se acercara a usted hasta que terminara con el caso.

—¿Por qué? —pregunté sorprendida.

—Bueno, quería comprobar hasta dónde podía llegar, no me defraudó en ningún momento. Además, finalmente a *Maze News* le vino muy bien ya que ha descubierto usted un gran potencial en su nuevo compañero.

—Sí, pero... Ariadna y yo siempre hemos trabajado bien juntas, hacemos un buen equipo... —protesté casi en un susurro—. ¿Qué tiene que ver que haya desaparecido con todo esto? ¿La envió fuera?

—No, no exactamente. Ella quería una oportunidad para trabajar en sucesos y yo tenía un caso reservado, completamente confidencial y bajo secreto de sumario que se suponía no debía conocer absolutamente nadie más que yo. Supuse que podía compartir el caso con ella, yo no tenía tiempo para investigar y ella podría hacer algunas averiguaciones hasta que se levantara el secreto de sumario. Lógicamente, le prohibí que hablara de ello con cualquier persona, bajo amenaza de despido.

—Entiendo.

—El expediente pertenecía a Santa Catalina, se trataba de unas violaciones. Bueno, más bien se trataba de investigar a unos agentes que no habían hecho todo su trabajo. El inspector Cardona acaba de ser trasladado, su antecesor fue despedido tras una investigación interna que lo involucraba en un caso de corrupción. Él lleva poco tiempo en la oficina y ha recibido muchas quejas respecto al personal que ignoró por completo a seis chicas que resultaron violadas. La última fue asesinada, eso ocurrió hace tres meses. No le dije nada a Ariadna de que realmente la investigación giraba en torno a los agentes que tenían asignados los expedientes de violación, ya que nos vendría bien investigar qué había ocurrido realmente y disponer de información para intercambiar con Rubén Cardona. Tony envió al agente Alexander ya que, aunque es muy joven, es de completa confianza y necesitaba a alguien con quien intentar solucionar todo el embrollo. Como sabes, hemos encontrado una conexión entre esas violaciones y el Asesino del Mordisco. Aún no está claro, pero quieren descartar que no se trate del mismo agresor antes de continuar ninguna de las dos investigaciones por separado.

—¿Y Ariadna le dijo que vendría unos días para investigar?

—No. Se suponía que era algo a largo plazo y tan sólo tenía que venir precisamente esta noche a una reunión con el inspector Cardona. Hasta ese momento difícilmente podía investigar nada, ya que la información que teníamos era prácticamente nula.

—¿Ya la han localizado?

—Realmente no hemos logrado hablar con ella, ignoro la razón, pero su móvil sigue apagado. El inspector Rubén Cardona asegura que habló con ella hace unos días para confirmar su encuentro, pero ella no le dejó ningún teléfono de contacto. No está alojada en ningún hotel, al menos no a su nombre, tampoco al de Gonzalo Jiménez, también lo hemos comprobado... en todo caso, esta noche tiene una cita con el inspector Rubén Cardona.

Respiré aliviada. ¡Maldita arpía! Yo le hubiera contado algo tan importante. Era mi mejor amiga.

Jordi apareció cargado con el maletín del portátil, la cámara y una gran caja con documentación. Lo ayudé a llevar las cosas y nos dirigimos al coche de Miguel. De camino a la comisaría Jordi parecía teclear algo en el portátil desde el asiento trasero donde se encontraba.

Capítulo 28

Meritxell

Estuvimos toda la tarde en medio de una reunión entre dos inspectores, en la que Miguel, Jordi y yo permanecimos muy callados. Jordi estaba pegado al portátil buscando quién sabe qué información, o escribiendo algo, no lo sabía a ciencia cierta. Sobre las siete Miguel dijo que se retiraba al hotel, que necesitaba descansar. Hoy no podríamos hacer nada, al día siguiente ellos ya habrían enlazado lo suficiente como para dejar que interviniésemos. Jordi decidió irse con Miguel, parecía agotado.

—Señor Suárez, si no le importa prefiero quedarme aquí. No tengo sueño, no soy amiga de dormir en camas desconocidas y, sinceramente, prefiero esperar. Quiero saber si Ariadna acude a la cita que tiene con el inspector Cardona.

—Pero la cita es a las once de la noche.

—No se preocupe, iré a cenar algo y me centraré en leer de nuevo todo lo que tenemos. Ya que he venido hasta aquí, espero servir de ayuda.

Después de un rato los convencí para que se marcharan y descansaran. Como les dije, fui a un restaurante que había justo enfrente de la comisaría. En la barra se encontraba el joven agente Alexander, esperando a que le sirvieran algo. Su aspecto parecía algo desaliñado, supuse que debido a un largo día de trabajo. Llevaba una camisa blanca de botones por fuera de los vaqueros. Ese atuendo le hacía parecer aún más crío que en San Antonio, donde siempre lo había visto perfectamente uniformado. Su tez sin duda necesitaba urgentemente unos cuantos rayos de sol, pues se había tornado algo amarillenta, sin embargo no tenía mal aspecto. Su pelo estaba perfectamente peinado como en esos anuncios de gomina y en su rostro no había señal de barba, aunque hubiera jurado que esa cara no necesitaba hojillas de afeitar. Me acerqué a él con una sonrisa y le tendí la mano.

—Hola, Meritxell.

—Agente Hernández.

—Veo que la han hecho venir hasta aquí.

—No sé qué tipo de ayuda puedo ofrecer, pero bueno... espero que después de esto Miguel me deje volver a cubrir la pasarela de Milán, o algo por el estilo.

—¿La pasarela de Milán? —Sonrió algo extrañado. Suspiré.

—Es una larga historia... tengo hambre, ¿qué tal se come aquí?

—No está mal, es comida casera. ¿Quiere que nos sentemos juntos?

—Se lo agradezco, odio comer sola.

Fuimos a una pequeña mesa al fondo del local. Ese chico era realmente joven, no sabía cómo había conseguido que pusieran tanta confianza en él, y más en un caso tan importante. Tuvimos una agradable y nada profunda charla, justo lo que necesitaba para distraerme un poco: música, libros, películas... después de la cena nos tomamos una cerveza, me venía bien desconectar.

Sobre las diez de la noche subimos otra vez a la comisaría, los inspectores habían salido de la sala de reuniones y se estaban tomando un café en la máquina. Parecían haber dado por zanjado el tema, al menos durante ese día.

El inspector Alvarado me sonrió.

—Meritxell, muchas gracias por venir. No tuve ocasión de saludarla antes. Este es el inspector Cardona, nos ha dicho que dentro de una hora ha quedado con Ariadna en un bar no lejos de aquí.

—Encantada. —Le tendí la mano—. ¿Podría ir con usted?

—Sí, por supuesto.

—Yo me voy al hotel, estoy muerto, mañana hemos quedado aquí a las ocho, veremos todo lo que podemos sacar en claro —me dijo el inspector Alvarado, mientras cogía el móvil y las llaves de encima de una de las mesas.

Asentí.

—¿Quiere que me quede con usted? —preguntó el agente Alexander.

—No, gracias. Me las apañaré yo sola para estrangular a mi amiga.

Alexander sonrió y se despidió.

—Vayámonos, si me quedo aquí un minuto más me voy a volver loco. —El inspector Cardona apoyó la mano sobre mi espalda y tendió la otra para dejarme paso.

Llegamos al bar en unos veinte minutos. Aproveché que aún faltaban cuarenta para la reunión con Ariadna y me ausenté un momento para telefonear a Víctor. De nuevo teléfono apagado. ¡Qué hombre! Ni siquiera había respondido mi mensaje de esa misma mañana. Suspiré y entré de nuevo.

Cuando vi aparecer a mi amiga, cuyos ojos parecieron salirse de las órbitas en cuanto me vio sentada a la mesa junto al inspector, se me saltaron las lágrimas. No podía creer que estuviera bien, que hubiera estado bien todo el tiempo y no me hubiera telefoneado ni una sola vez. Vino a abrazarme, pero yo no estaba de humor para arrumacos.

—Después tú y yo hablaremos seriamente. No hagas esperar más al inspector.

Ariadna apenas estuvo media hora hablando con Rubén Cardona. No paraba de cotorrear, tenía en una libreta un montón de cosas apuntadas, parecía una especie de detective privado. Me sorprendió.

—Ariadna, le agradezco que haya acudido a la cita. Como ve, esto ya no es un secreto, su periódico ha metido las narices hasta el fondo en todo este lío. Mañana nos vamos a reunir a las ocho de la mañana, espero verla en la comisaría. Meritxell, ¿la acerco al hotel?

—No es necesario inspector, me quedaré con ella.

—Muy bien, buenas noches. Por cierto, Ariadna, ¿sabe dónde se encuentra el señor Gonzalo Jiménez?

Ariadna se encendió como una bombilla y respondió algo confundida.

—Ha tenido que irse de viaje... un problema familiar.

—¿A dónde?

—Pues no lo sé... ¿Por qué? ¿Qué ocurre?

—Mañana hablaremos sobre ello, ahora vayan a descansar. Estos días serán difíciles.

Nos quedamos solas. Ni siquiera me acordaba ya del tema de Gonzalo, me daba pena, no quería decirle que era sospechoso de los asesinatos, parecía tan enamorada de él... pero ¿y si era el asesino?, ¿y si era el violador que andaba atacando jovencitas? ¿Un problema familiar? Quizás esté huyendo por haber asesinado a su exmujer...

—¿Dónde te hospedas?

—En el hotel Princesa Mireia.

—No tengo ni la menor idea de dónde está eso. ¿Quieres venir a casa?

—¿A casa? ¿Tienes una casa aquí?

—Bueno, no es mía. Gonzalo me la cedió. Trabaja en una inmobiliaria y supongo que es uno de esos caserones que intenta vender.

Asentí, estaba cansada, quería hablar con ella de un montón de cosas. Me sentía dolida, traicionada por mi mejor amiga. Había desaparecido del planeta y no le había dicho nada a nadie.

Me hizo subir a una moto gigante que daba miedo con sólo mirarla, sin embargo estaba tan cansada que me daba igual, quería poder quitarme toda esa ropa. Además me sentiría más segura lejos de Jordi.

—¡Esto no es una casucha de inmobiliaria! ¡Esto es un chalé equipado cien por cien! —dije en cuanto abrió la verja de aquella impresionante vivienda.

—Lo sé, lo sé... se está genial aquí... ¡Ponte cómoda! —Ariadna entró y subió las escaleras, quitándose la ropa por el camino. A los pocos segundos se oyó el ruido de la ducha.

Ya me estaba quedando dormida en el sofá cuando bajó, tenía cierto aspecto infantil, con un pijama de Hello Kitty y una cola de caballo, sin todo ese maquillaje que solía llevar siempre encima. Traía lo que parecía otro pijama en la mano.

—Toma, cámbiate. ¿Quieres darte una ducha? Yo prepararé un chocolate, no es complicado, sólo tengo que darle a un botón —dijo señalando la máquina de café monodosis—, no tardes.

Me di una ducha rápida y me puse el pijama de Ariadna. Bajé las escaleras y ya olía a chocolate.

—¿Qué le pasa a tu móvil? ¿Por qué lo dejaste apagado?

—Lo he perdido, creo que lo dejé en una casita rural en la que Gonzalo y yo estuvimos el fin de semana pasado. He tenido que comprarme este trasto —dijo sacando un antiguo modelo de Motorola del bolso.

—¿Por qué no me llamaste? ¿Por qué no me contaste todo esto?

—Cielo, no podía... Miguel...

—Sí, ya me lo ha contado todo él. —Ella me miró incrédula—. Tengo que decirte algo.

Ariadna se sentó a mi lado en el sofá, odiaba tener que explicarle esto. Ella era como mi hermana, no quería verla sufrir.

—¿Sabes por qué el inspector Cardona te ha preguntado por Gonzalo?

—No, la verdad, me ha extrañado... —Se le frunció el ceño y suspiré.

—Ariadna, el día que te vi en la cafetería se produjo otro asesinato, supuestamente a manos del Asesino del Mordisco. —Ella asintió—. Gracias al inspector Alvarado pudimos tener información de primera mano, como siempre. Esta vez el sospechoso entró en casa de la víctima, no la atacó en la calle. —Ella seguía atendiendo confundida—. Resulta que la mujer tenía un exmarido y nos dirigimos a su piso, que no estaba lejos... era el piso de Gonzalo.

—¿¡Qué!? ¿Pero qué dices? —Sonrió—. ¿Cómo sabes que era su piso?

—Entre otras cosas, porque el exmarido de ella se llamaba Gonzalo Jiménez.

—¿Tienes idea de cuántos Gonzalo Jiménez hay en San Antonio? Te lo digo yo que intenté localizarlo cuando perdí el móvil. —Parecía aliviada y sonreía.

—Gonzalo Jiménez es el exmarido de Vanessa Meyer, eran socios copropietarios de una inmobiliaria...

—Eso no demuestra que sea mi... Gonzalo.

Alcancé el bolso y saqué una fotografía que le tendí.

—¿En cuántas de las casas de esos Gonzalo Jiménez puede haber copias de esta foto?

Ariadna se quedó completamente compungida, las lágrimas empezaron a resbalar por su cara como si hubieran salido de la nada.

—Pero, pero...

—No era sospechoso en un primer momento, la policía sólo quería hablar con él. Al no poder localizarlo, encabezó la lista.

Ariadna cogió su teléfono móvil y marcó un número.

—Está apagado...

—Lleva apagado desde el viernes.

—Dios... es muy amigo de Vanessa, se va a llevar un gran disgusto. —Las lágrimas seguían brotando de sus ojos—. Si nadie le ha dicho todavía lo que ha pasado, tengo que decírselo yo.

Volvió a coger el móvil y marcó de nuevo el número, parecía hablarle a un contestador.

—Cielo, soy yo. Por favor, llámame en cuanto puedas a este número, tengo que hablar contigo. Te quiero.

¡Oh, Dios! ¿De verdad había oído esa frase de su boca?

—No me mires así, Meritxell. Gonzalo no es ningún asesino y bueno... lo quiero, sí. —Asentí, con la esperanza de que mi amiga tuviera razón—. Es casi la una de la madrugada, estoy reventada. Arriba hay dos dormitorios más aparte del mío, si quieres te dejo un par de sábanas limpias y duermes en la cama que quieras.

—¿No te importa que duerma contigo? Han sido unos días difíciles, y mis pesadillas... bueno, no estoy acostumbrada a dormir sin Víctor.

—Claro, vamos.

Capítulo 29

Meritxell

No podía abrir los ojos, lo intentaba con todas mis fuerzas una y otra vez… o quizás los tenía abiertos y había tal oscuridad en la habitación que el negro se cernía sobre mí. Estaba incómoda, no podía respirar bien en aquella postura.

Agité la cabeza y pensé durante un momento, tenía las manos atadas con algo que no parecía una cuerda, un trozo de sábana quizás, me encontraba boca abajo en la cama. Quería chillar pero mi voz no me respondía, estaba completamente afónica. Él me escuchó y se acercó a la cama.

—¿Ya te has despertado, princesa? —La voz me era completamente familiar, pero me sentía aturdida, él vino y me besó el cuello, entonces pude olerlo y sonreí.

—Hola cariño, me duelen las manos.

Él me soltó y dejó que me diera la vuelta en la cama. Pensé en levantarme e irme, pero algo me enganchaba a aquel momento, algo aparte de lo que pinchaba la piel de mi ombligo, que imaginé era un cuchillo afilado.

Me besó y su lengua caliente atravesó los muros de mi inconsciencia, de pronto recordé todo. Había ido en busca de Jordi en mitad de la noche y después de tomarnos unas copas terminé en aquella habitación, no era nuestro hotel, parecía una pequeña casa apartada en medio de la nada…

Jordi bajó recorriendo cada centímetro de mi piel hasta encontrarse con mi sexo, el cuchillo no hacía menos presión, así que decidí no moverme.

—¿Por qué tienes un cuchillo? —pregunté perdida ante aquello, pero completamente tranquila, como si fuera algo normal.

—¿Todavía no lo sabes, cielo? Voy a matarte.

Entonces empezaron a rodar lágrimas por mis mejillas, cayendo sobre la almohada que tenía bajo mi cabeza.

—Pero... te quiero.

Jordi paró el movimiento de su lengua y por un segundo despegó el cuchillo de mi estómago. Subió de nuevo, tumbándose a mi lado...

—Y yo, cielo, y yo...

Sentí cómo se me acercaba y me mordía el cuello, fuerte, muy fuerte... sentí unas gotas resbalar por mi clavícula, el dolor era increíble pero no podía chillar. De nada servía ya... lo había perdido.

*

—¡¡Meritxell!! ¡¡Por Dios, Meritxell, despierta de una vez!!

Sentí que alguien me agitaba, estaba completamente agarrotada y tenía la cara empapada en lágrimas.

—¿Qué...? —logré susurrar desorientada, sin poder abrir los ojos todavía.

—¡¿Pero se puede saber qué demonios te pasa?! ¡Me estás asustando de verdad!

Abrí los ojos y vi a Ariadna a mi lado.

—Tranquila —dije tras unos segundos—. Sólo ha sido otra pesadilla.

Aún seguía llorando inconscientemente. ¿Por qué mi mente se empeñaba en jugarme tan malas pasadas? ¿Por qué Jordi se colaba en mis sueños? ¿Por qué siempre tenía su aspecto, olía como él, besaba como él...? Sólo que hoy era la primera vez que lo distinguí como Jordi.

Ariadna estaba viva, estaba bien y yo ya no quería seguir en este caso, deseaba irme a casa, con mi marido.

—¿Estás bien? ¿Por qué lloras?

—Odio todo esto, quiero irme a casa. —Ariadna acarició mi cabello húmedo por el sudor.

—Tranquila, ahora estamos juntas, no estás sola, no va a pasarte nada. Atraparemos a ese tío y por fin sus víctimas podrán descansar en paz, y toda la ciudad también, cada vez estamos más cerca de ese sádico.

Asentí, un poco más tranquila.

—Está bien, hagámoslo de una vez.

—Meritxell, ¿puedo preguntarte algo y serás completamente sincera conmigo? —Asentí—. ¿Crees que Gonzalo tiene algo que ver con todo esto?

—No lo sé, cielo... supongo que no, ojalá que no.

Ella asintió y sonrió. Tiró de mí para que me levantase.

—Vamos, nos sentará bien una ducha y un buen desayuno antes de irnos, te dejaré algo de ropa.

Mientras estaba en el cuarto de baño mi móvil empezó a sonar, no quise prestarle mucha atención, imaginé que era Víctor y la verdad es que estaba algo molesta por no haber recibido contestación durante todo el día anterior. Podría atacarme de verdad un asesino en serie y él ni se enteraría.

Me esmeré en peinarme y maquillarme, la ropa de Ariadna me quedaba algo más estrecha que a ella, pero estaba cómoda, sólo que algo ceñida... me sentía guapa. El móvil seguía sonando insistente. Bajé las escaleras para buscar mi bolso y por fin contesté. No era Víctor, sino Jordi.

—¿Meritxell? ¿Te encuentras bien? Miguel y yo llevamos llamándote hace rato. —Parecía excitado, o asustado tal vez.

—Tranquilízate, estoy bien.

—¿Dónde demonios estás? Llevamos una hora tocando en tu habitación y nadie contesta. Le pedimos a la recepción que nos abriera la puerta y tu cama está intacta y tu maleta sin deshacer.

—Cálmate Jordi, estoy con Ariadna.

—¿Con Ariadna? ¡Juro por Dios que voy a matarte! —Sonaba muy enfadado y, después de la tremenda pesadilla que acababa de vivir, no pude evitar que se me saltaran las lágrimas y que un nudo apretara muy, muy fuerte mi garganta.

—Sé cuidarme sola.

—Lo siento. —Bajó el tono a casi un susurro—. No pretendía hacerte llorar.

—Nos vemos en la comisaría —fue la única contestación que le di antes de cortar la llamada.

Me miré en el espejo, el maquillaje estaba intacto. Sequé las lágrimas que estaban a punto de salir y entré en la cocina. Tenía un hambre horrible, me sentaría bien un buen desayuno.

Sobre las ocho y cuarto ambas estábamos entrando por la puerta de la comisaría. Miguel y Jordi estaban sentados a solas en una mesa apartada, supuse que alguno de los agentes se había ofrecido para que ocuparan su mesa hasta que llegásemos todos. Estaban serios, hablaban y Jordi garabateaba algo en una libreta.

Miguel subió la cabeza, como si el taconeo de nuestros zapatos nos hubiera delatado aun desde la entrada, a unos treinta metros. Clavó su mirada en Ariadna y se levantó de la silla, vino hacia nosotras y dejó a Jordi hablando solo, que no se había percatado de que de habíamos llegado.

Fue directamente a Ariadna y la abrazó.

—Nos has dado un susto de muerte.

Pude escuchar algo que pareció un susurro, un tono de voz totalmente desconocido para mí en aquel hombre. Estaba sorprendida, no esperaba una reacción así de nuestro siempre formal jefe. Sabía que él nos tenía mucho aprecio, llevábamos años trabajando para él y formábamos un gran equipo, casi se podía decir que nos había visto crecer... pero aun así me sorprendía ese salto a lo íntimo.

Se apartó un poco de ella, la cual no parecía incomodarse por la situación, me miró de soslayo y se sonrojó. Él agarró sus mejillas, como si no hubiera nadie más allí.

—No vuelvas a hacerme algo así, deberías haber llamado.

—Lo siento cariño, perdí mi móvil... —La voz de Ariadna era diez tonos más bajo de lo habitual—. Siento haberte asustado.

—Pensé que iba a volverme loco. —Según terminó la frase, pareció caer en la cuenta de que yo estaba allí, soltó rápidamente la cara de Ariadna, como si el contacto le quemara, miró hacia el piso antes de pasar por mis ojos y se dio la vuelta—. Entremos a la sala, en cinco minutos comenzará la reunión.

Miré hacia el asiento vacío en el que segundos antes había estado Jordi, supuse que había pasado a la sala sin esperar por nosotros.

Agité la cabeza... ¿Ariadna había llamado «cariño» a nuestro jefe? Esto parecía otra especie de sueño extraño.

*

—Estamos todos aquí para hablar sobre un doble caso, que de pronto se ha cruzado... el Asesino del Mordisco —dijo mientras escribía con un rotulador negro en un pizarra de color blanco que se encontraba justo detrás de él—, y el Violador del distrito dos —escribió justo al lado. Se giró después de cerrar la tapa del rotulador y se colocó frente a mí—. Como sabéis, yo soy el inspector Rubén Cardona. Presentaré a todos los acompañantes. —Estábamos sentados en una mesa redonda, empezó por su derecha y fue señalando a todos uno por uno—: A mi derecha el inspector Tony Alvarado de San Antonio, a unas cuatro horas de aquí en coche, donde se han producido los cuatro ataques conocidos hasta el momento por el Asesino del Mordisco. A su izquierda, el agente Alexander, que lleva el caso junto al inspector Alvarado. Les presento a mi amiga Davinia Hinman, criminóloga, por el momento sólo nos escuchará y tomará notas para poder ayudarnos a unir piezas de todo este puzzle. David Sainz es el supervisor del equipo de la policía científica que lleva el caso aquí, en Santa Catalina. Miguel Suárez, Ariadna Betancor, Meritxell Borges y Jordi Ocampo son compañeros del diario *Maze News* en San Antonio, están aquí para ayudarnos en todo lo posible. Y ellos son —dijo por último señalando a dos hombres que nos miraban suspicaces— los agentes Rojas y Becerra, tienen toda mi confianza. Como sabéis, los agentes que estaban asignados anteriormente al caso del Violador del distrito dos eran Rainieri y Perera, los cuales me he encargado personalmente de que sean trasladados a otro departamento por su falta de interés y participación en los casos de los últimos años. Les pediría que fueran aportando todas las ideas que hayan recopilado.

El agente Rojas, un robusto hombre de unos treinta y ocho años, metro noventa, de piel y ojos claros, cuyo cabello rojizo se encontraba perfectamente cortado y engominado, se levantó. Con unos expedientes en las manos se acercó a la pizarra. Rodeó con el rotulador la frase «El Violador del distrito dos» e hizo una flecha hacia abajo, donde escribió después de leer en los papeles que tenía delante, uno debajo de otro, seis nombres acompañados de lo que imaginé eran las edades de las víctimas:

Elena Morales - 22
Yurena Santana - 29
Noelia Casado - 18
Rita Velázquez - 25
Ángela Batista - 22
Virginia Medina - 28

Luego pasó por detrás de nosotros hasta llegar al agente Alexander y le tendió el rotulador. Él se levantó y escribió:

Marisol Domínguez - 25
Bibiana Cárdenes - 17
Susana García - 27
Vanessa Meyer - 28

En silencio volvió a su sitio y esperó a que sus superiores dieran alguna orden. Ariadna rompió el silencio.

—Tengo algo que objetar. —Todos miramos hacia ella y, sin esperar a que le dieran permiso para continuar, abrió la libreta que tenía delante y comprobó algo. Se dirigió a la pizarra, borró el número que estaba al lado del nombre de Noelia Casado y escribió el número diecisiete—. Por lo menos os podríais haber molestado en corroborar la edad de las víctimas.

—Le recuerdo, señorita Ariadna, que prácticamente acabamos de comenzar esta investigación. Como he dicho antes, los agentes que antiguamente llevaban el caso fueron trasladados personalmente por mí, ya que tenía conocimiento de su falta de interés hacia las víctimas... ni una sola hora de investigación en los dos últimos años, cuya consecuencia fue que una de las chicas fuera violada y asesinada hace tan sólo unos meses. Les agradecemos sus investigaciones, por eso están aquí, todo el apoyo que podamos tener a estas alturas es poco. ¿Tiene algo más que quiera compartir con nosotros?

—Disculpe mi arrogancia, inspector. —Ariadna se ruborizó y miró sus notas—. He logrado contactar con tres de las víctimas, lo poco que he sabido de todo esto es que eran chicas algo problemáticas, que imagino fue el principal motivo por el que la policía decidió no hacerles caso en ese momento.

—¿Puede ser más específica? —preguntó el agente Becerra. Él era algo regordete y no aparentaba más de treinta años, de cabello y ojos castaños, pero nos miraba con la misma expresión de desconfianza que el agente Rojas.

—Rita Velázquez fue violada en octubre de 2010, era prostituta en ese momento. Ha sacado algo bueno de todo esto y en el momento en que la violaron dejó las calles. Ahora tiene un buen contacto en el Ayuntamiento, su marido, y me ha ayudado a localizar a las otras chicas. Puede resultar útil en la investigación. —Pasó la página y siguió leyendo—. Noelia Casado fue violada en marzo de 2010 cuando apenas acababa de cumplir diecisiete años, mientras caminaba borracha y sola por Garden Street como acto de rebeldía hacia sus padres, que se habían ido de viaje y le habían prohibido salir, como hacían siempre. No es prostituta y nunca lo fue, no lo sé con certeza pero creo que ese fue su primer contacto con el sexo masculino, del cual resultó embarazada de Diego, que ahora tiene tres meses.

Todos en la mesa parecieron alborotarse, me parecía increíble lo que estaba escuchando y cómo la policía no sabía absolutamente nada. El inspector Alvarado y el agente Alexander no hacían más que escribir. A Jordi se le habían abierto los ojos como platos.

—Entonces, si hablamos del mismo agresor, aparte de evolucionar en sus ataques, cambió su *modus operandi*. En los casos de San Antonio no se encontraron muestras de semen. ¿Tenemos entonces el ADN de ese capullo? —preguntó el agente Alexander.

—Parece que los agentes asignados al caso no creyeron oportuno tomar muestras de ADN a todas las víctimas. A nuestro laboratorio sólo han llegado muestras de la última, Virginia Medina —contestó David Sainz.

—Pero no es posible —protestó Ariadna—, Noelia me dijo que una doctora le hizo el test de violación y sacó muestras de ADN.

—Pues esas muestras ya no existen —respondió el inspector Cardona.

Yo no podía decir nada, estaba perdida en todo aquello. No tenía nada que aportar y me sentía frustrada por la incompetencia de los agentes de la ley, que se suponía debían haber estudiado en profundidad cada violación y haber protegido al resto de las mujeres de la ciudad de aquel degenerado.

El supervisor de la policía científica leyó algo en los papeles que tenía delante y se dirigió a mi amiga.

—Señorita Ariadna, sería de gran utilidad que nos facilitara los datos de contacto actuales de Noelia. Lo ideal sería poder comparar el ADN de ese crío con el que poseemos resultante de la violación de Virginia, así podríamos corroborar que el atacante es el mismo.

—No estoy segura de que quiera participar en todo este asunto. Ella mintió a sus padres y les ocultó su violación. Les dijo simplemente que había llevado a un chico a casa y se había quedado embarazada. Sus padres la obligaron a tener al crío, como un cruel castigo, supongo, por su desobediencia y rebeldía. Puedo hablar con ella e intentar convencerla.

El inspector Cardona asintió y preguntó:

—¿Algo más?

—Sí, tengo algo más. Yurena Santana, violada hace un año y medio, en noviembre de 2009. Era problemática, dada al alcohol y un poco… no sé cómo definirla, difícil, quizás. Siempre estaba metida en líos y cuando los agentes Perera y Rainieri le sugirieron que ella se había buscado esa violación, atacó a puñetazos a uno de ellos, por lo que no hicieron caso a su denuncia y la echaron de comisaría. Parece rehabilitada, al menos a mí me dio la sensación de ser una chica completamente normal. Para valorar sus cicatrices tendremos que dirigirnos a las fotos que conservamos del caso, ya que se hizo una cirugía láser para borrarlas de su pecho.

—Muy bien, enhorabuena señorita Ariadna, ha conseguido usted más información en cuatro días que nuestra oficina en dos años. La felicito —la interrumpió el inspector Rubén Cardona mientras se ponía de pie.

—No he terminado, me queda una cosa más. —El inspector asintió y se volvió a sentar—. Yurena no era una chica desvalida a la que fuera fácil atacar, se defendió a puñetazos de su violador, el cual le estampó la cabeza contra la carretera. Según parece se quedó inconsciente unos minutos y para cuando se despertó, el tipo que la había violado y torturado se estaba vistiendo con toda su paciencia, de rodillas, justo a su lado, y ella pudo ver un símbolo tatuado en la planta de su pie.

Todos los agentes levantaron la cabeza al mismo tiempo, un tatuaje era lo mejor que tenían de ese psicópata aparte de su ADN.

—¿Qué clase de símbolo? —preguntó el inspector Alvarado.

Ariadna sacó el papel que Yurena le había entregado el día anterior y se lo tendió al agente Rojas, que estaba sentado justo a mi lado. Ellos se lo fueron pasando.

—Ella asegura que tiene memoria fotográfica y que tuvo unos minutos para observarlo bien y memorizarlo, que no era complicado y por eso pudo dibujarlo. No sabe lo que significa, pero lo ha guardado todo este tiempo y lo ha reproducido varias veces para no perderlo.

El agente Alexander fue el último en sostener el papel, se dirigió a la pizarra y en medio de los dos títulos para el agresor dibujó lo mejor que pudo el símbolo. Después le tendió el papel a David Sainz, que lo guardó en una carpeta.

—¿Algo más? —preguntó el inspector Cardona, no sólo mirando a Ariadna, sino a Miguel, a Jordi y a mí. Me sentía ridícula, no tenía nada para ayudarlos.

Miguel asintió.

—Como sabéis, nos hemos visto en medio de todo este jaleo hace unos días. —Echó una mirada fugaz a Ariadna antes de continuar hablando—. La última víctima, Vanessa Meyer, resultó ser la exmujer de la actual pareja de nuestra compañera Ariadna Betancor.

Ariadna se encendió como un semáforo en rojo y agachó la cabeza a sus apuntes. Miguel prosiguió.

—El mismo día que esa mujer apareció muerta en su apartamento, el señor Gonzalo Jiménez desapareció del mapa.

—¡No desapareció del mapa! —rechistó Ariadna—. Nos fuimos a una casa rural a pasar el fin de semana, decidimos apagar los teléfonos y evaporarnos del universo para que nadie nos molestara hasta el domingo, luego él me dejó aquí y se fue.

—Eso fue hace cuatro días y continúa con el teléfono desconectado. No hay señal de él y, por cierto, tu teléfono tampoco parece dar señales de vida.

La atacó directamente delante de todos. Ella, rabiosa, se puso a la defensiva.

—Ya te dije que perdí mi móvil, estaba en mi mundo y debí dejarlo en la casa rural. Tengo un nuevo aparato. —Sacó su móvil del bolso, apoyándolo con un fuerte golpe encima de la mesa—. Lo compré hace unos días para poder hacer mi trabajo.

—¿Has podido hablar con él desde entonces? —interrumpió el inspector Cardona.

—Sí, vino por la casa donde me hospedo el martes por la tarde y pasó la noche conmigo. Luego tuvo que irse, me dijo algo de un viaje por problemas familiares. Ayer intenté llamarlo, pero tiene el móvil apagado.

—Lleva apagado toda la semana —rechistó Miguel por lo bajo. Ariadna ignoró su comentario y bajó la cabeza.

—Ariadna, sé que es difícil pensar que alguien a quien conocemos y queremos puede estar inmerso en una investigación criminal. Es importante localizarlo, es lógico que después de desaparecer se convierta en sospechoso, pero no sólo eso, necesitamos entrevistarlo para saber más acerca de Vanessa Meyer, de sus costumbres, sus enemigos... —continuó hablando el inspector Cardona.

—Lo entiendo, sólo digo que yo no les puedo decir más, porque no sé más —respondió resignada mi amiga.

—Bien —prosiguió el inspector—, dices que te hospedas en una casa, ¿es de su propiedad?

—Él trabaja para una inmobiliaria, lo siento, no logro recordar el nombre... era copropietario con Vanessa Meyer —dijo leyendo la pizarra— y con otro socio más. Me dijo que era algo que tomó prestado.

Ariadna arrancó una hoja de su libreta y escribió la dirección antes de que se la pidiera el inspector. Se la tendió al agente más cercano, tal como había hecho con el papel que contenía el símbolo del tatuaje.

—¿Podemos echar un vistazo? —preguntó el agente Rojas a Ariadna.

—¿A la casa? —Se quedó pensativa unos momentos—. Bueno, realmente no es mía, pero tampoco veo inconveniente.

—¿Tienes algo suyo de donde podamos tomar muestras de ADN?

Ariadna volvió a encenderse de furia, pero pareció controlarse antes de responder.

—No agente, no tengo ADN suyo guardado en casa. Durmió en mi cama el martes y cambié las sábanas el miércoles, por lo que ya están limpias y dobladas de nuevo en su sitio. Traía su propia maleta con su cepillo de dientes y su peine, que volvió a llevarse cuando se fue... —Se quedó pensativa un momento—. Tengo una nota suya, quizás podáis sacar las huellas dactilares, no sé si eso ayudará.

Ariadna cogió del bolso su agenda, la abrió en busca de una página concreta y sacó un trozo de papel que leyó en silencio antes de entregárselo al agente Rojas. Parecía un poco avergonzada.

—Muchas gracias por su ayuda.

El agente tendió la nota a David Sainz, que la guardó en la misma carpeta que el trozo de papel con el símbolo. Ariadna asintió.

—¿Qué tal si hacemos un descanso para comer algo? Me suenan las tripas —dijo el inspector Cardona—. Estará bien pensar un poco en todo esto, dejen trabajar a mi equipo y nos veremos esta tarde a las cuatro aquí mismo.

Miré el reloj, eran las once y media, no tenía mucha hambre pero me parecía buena idea tomar algo e irme un rato al hotel a tumbarme y ponerme ropa más cómoda.

—Yo tengo que irme, voy a llamar a Rita Velázquez a ver si ha averiguado algo más y voy a intentar que me lleve a ver a Noelia para convencerla de que nos ayude.

—Iré contigo —dijo Miguel. No parecía una orden, más bien un ruego. Ariadna asintió.

—Si no os importa, yo voy a ir al hotel un rato.

—¿Comemos algo juntos? —me preguntó Jordi, que apenas me había dirigido la palabra en toda la mañana y mucho menos una mirada.

—Claro.

Tenía que restarle importancia a todo aquello. Mis pesadillas no podían influir en el día a día con mi compañero de trabajo, hacíamos un buen equipo. Y bueno, lo demás que había pasado debía dejarlo atrás sin más.

Ariadna se subió al coche de Miguel y Jordi y yo paramos un taxi en la puerta de la comisaría.

—Estás guapísima —dijo Jordi sin mirarme, con la cabeza volteada a la ventana de su lado del vehículo. Fue lo más parecido a una conversación que tuvimos hasta llegar al hotel.

Comimos algo rápido en el restaurante situado en la primera planta, no me apetecía hablar y Jordi parecía estar de acuerdo. Era un sitio tranquilo y bonito, me daba algo de paz después de unos días tan duros. Fuimos hasta las habitaciones.

—¿Vas a dormir? —me preguntó.

—Pues aún no lo sé, voy a darme un baño, a ponerme algo más cómoda, telefonear a Víctor y quizás ver un poco la tele.

—¿Puedo hacerte compañía? No me apetece estar solo.

—No es buena idea —dije dándole la espalda para abrir la puerta de mi habitación.

—Ya no te dan miedo las pesadillas —dijo, agarrándome del brazo. El comentario me hizo enfurecer, pero no se lo demostré.

—Son sólo sueños, ya desaparecerán.

—Como quieras.

Entré en la habitación y me quité los tacones, que tiré descuidada a un lado de la cama. Tomé el teléfono del bolso y llamé a Víctor. Al segundo tono cogió la llamada.

—Cielo, perdóname, perdóname... —dijo antes de dejarme hablar.

—Pensé que te habías olvidado de tu mujer —dije. Ya no estaba enfadada, sólo triste por tenerlo tan lejos y sentirme vulnerable ante Jordi.

—Cielo, Alejandro está peor y estoy en casa de mi hermana, me tiene de «niñera-maruja». El poco tiempo que ella ha estado en casa he ido a hacerle la compra al supermercado y a la farmacia a por medicamentos para el niño. El móvil lo dejé en casa, para variar, pero esta mañana me escapé para recuperarlo.

—Está bien, no te preocupes. Espero que lo del niño no sea nada, dale un beso muy fuerte de mi parte.

—Lo haré. ¿Qué tal en Santa Catalina?

—Esto es un follón, pero por fin ha aparecido Ariadna. Estaba aquí tan tranquila, otra que había perdido el móvil.

Noté cómo Víctor sonreía al otro lado.

—Lo importante es que esté bien.

—La verdad es que parece estar mejor que nunca. Se ha involucrado bastante en la investigación y ha dado muchos datos de interés.

—Ya sabes que es una gran profesional.

—Lo sé, yo llevo semanas estudiando todo esto y no tengo nada que ofrecer, me siento un poco inútil aquí, pero bueno... la verdad es que la reunión de hoy ha sido interesante.

—¿Qué tal dormiste anoche? Tú y las habitaciones de hotel no os lleváis bien.

—Me quedé con Ariadna en una especie de chalé que le ha prestado su novio, pero aun así tuve pesadillas, cada vez son peores.

—Creo que tienes que enfrentarte a tus miedos, hasta que no afrontes que tú puedes llevar ese caso, que eres una gran profesional, que cualquier periodista daría su vida por ese puesto... no dejarás de sentirte vulnerable.

—Lo sé.

—¿Has pensando en lo que te dije?

—¿En lo de ser padres?

—Sí.

—Víctor, la verdad es que no he tenido tiempo de madurarlo. Además, no quiero pensar en ello ahora. No quiero tomar una decisión tan importante en medio de una oleada de violaciones y asesinatos.

Víctor volvió a reír, parecía de buen humor.

—Está bien, tómate tu tiempo.

—Dale un beso fuerte a Paula y a Alejandro.
—¿Y para mí?
—Para ti el más grande y fuerte. Te quiero.
—Te quiero, princesa.

Capítulo 30

Meritxell

Me despertaron unos golpes en la puerta, estaba tirada en el sofá de mi habitación de hotel, con la tele encendida. Miré el reloj y vi que eran cerca de las dos de la tarde.

Sólo llevaba una camiseta puesta, así que alcancé unos vaqueros de la maleta que tenía tirada en el suelo y me los puse antes de abrir.

—¿Te he despertado? —Jordi estaba en la puerta.

—Sí, un poco.

—Lo siento, me aburro como una ostra y aún quedan dos horas para la próxima reunión.

—Pasa. —Me aparté de la puerta para que entrara—. Siéntate.

Quité la manta del sofá, la doblé y la llevé hasta la cama, recogí la maleta que tenía tirada en el suelo y la coloqué al lado de la manta. Pensaba poner la ropa en el armario pero estaba cansada, no me apetecía.

Me senté al lado de Jordi y le tendí el mando de la tele.

—No me apetece ver la tele, gracias.

—¿Qué te apetece hacer?

Me miró algo provocativo y yo agaché la cabeza, incómoda por la situación.

—¿Qué piensas de todo este follón? ¿Crees que el asesino y el violador son la misma persona? —dije, intentando no llegar a una conversación que me perturbara aún más.

—Es posible —asintió—, pero tampoco me apetece mucho hablar de eso. ¿Has descansado algo? Tienes buen aspecto, aunque pareces una loca con esos pelos.

Reí y le di una patada en el muslo.

—Acabo de despertarme, capullo.

—Pensé que siempre estabas perfecta. En mi casa, cuando saliste del baño a las cinco de la mañana, parecías recién salida de la peluquería.

—Exagerado. —Me puse colorada al recordar todo aquello.

—Tengo calor, ¿te apetece tomar algo? —preguntó, como si él también hubiera recordado algo que subiera su temperatura.

—La verdad es que tengo sed.

Se levantó y fue hasta el mini bar, cogió dos cervezas y volvió al sofá.

—No creo que a Miguel le guste que ataquemos el mini bar —dije riendo.

—Bueno, tú tienes pesadillas por su culpa, que se aguante.

Abrimos las latas, estaban prácticamente congeladas, brindamos antes de dar el primer sorbo. Jordi dejó la suya sobre la mesa que había al lado del sofá y agarró mi pie izquierdo con sus manos.

—¡Ay! ¡Estás helado! —dije dándole otra patada.

Él se rio y alcanzó de nuevo mi pie.

—Es una técnica de relajación, confía en mí. —Empezó a masajearme los pies—. Dicen que desde los pies puedes acceder a cualquier parte del cuerpo. Si te toco el dedo gordo, aquí, estoy en tu cerebro.

—¿Vas a masajearme el cerebro?

Sonrió y siguió tocándome los pies.

—Debajo del meñique está el oído.

—¡Qué sexy suena! —Reí.

—¡Quieres callarte y relajarte! Cierra los ojos. —Le hice caso—. Aquí está tu corazón —dijo bajando un poco por la planta del pie, insistiendo en la zona—. Aquí tu estómago, tu riñón, tu páncreas... —Continuó bajando— Y aquí están tu vagina y tu ano.

Abrí los ojos y reí.

—¡Qué listo! Siempre te las apañas para llegar al mismo sitio. —Le solté otra patada, esta vez más fuerte.

Me agarró de nuevo el pie y me hizo cosquillas.

—¡No! ¡Por Dios! Tengo un montón de cosquillas. —Reía sin parar, Jordi fue subiendo para buscar cosquillas en los muslos, que encontró enseguida, y en mi cintura, donde había más aún, hasta que prácticamente estaba colocado encima de mí.

—Estás atrapada, eres mi prisionera —dijo sonriendo y agarrándome los brazos por encima de mi cabeza.

No podía evitar perderme en esos ojos azules, me sentía más acalorada que hacía tan sólo un momento, supongo que de tanto reír, su sonrisa era preciosa. Pensé en Víctor.

—Cielo, no... por favor.

Se las apañó para agarrar mis manos con una sola de las suyas y con la otra fue de nuevo en busca de mis cosquillas.

—¿Qué dices? No te oigo —bromeó. Pataleé un poco, tenía cosquillas por todas partes.

—¡No! ¡No!

—Te dejo en paz si me das algo a cambio... hoy ha sido un día triste, quizás tú puedas alegrarlo.

—Está bien, está bien... te doy algo a cambio si prometes que me sueltas.

—Te lo prometo.

Me acerqué un poco hasta sus labios y lo besé, sólo pretendía rozarlo, pero su lengua pronto entró en mi boca. Me soltó las manos, sin apartar su boca de la mía y apretando su pelvis abultada contra mi cuerpo.

Tras unos minutos me quitó la camiseta, no llevaba puesto el sostén y se quedó un rato mirando antes de aterrizar sus labios contra mi pecho...

—No, Jordi, no... —susurré, apoyando mis manos en sus hombros e intentando apartarlo. Lo intenté, pero no lo lograba. Él ya no me escuchaba, siguió bajando y desabrochó mis vaqueros, los bajó en un momento—. No, no... para.

Mis labios decían eso, pero yo no me movía ni un centímetro. Cuando su boca pasó por encima de mis braguitas, subí mi pelvis para que pudiera bajarlas. Se colocó encima de mí, ya había desabrochado sus pantalones y me penetró rápido y fuerte, como si quisiera hacerlo antes de que yo entrara en razón.

—No puedo... no... —Segundos después ya no pude hablar ni pensar en nada, gemía sin remedio bajo su cuerpo.

A los pocos minutos tocaron en la puerta de la habitación.

—¡Oh! ¡Mierda! —Lo empujé para que me dejara salir, no podía moverme con él encima que parecía no querer parar—. ¡Mierda! ¡Joder! Vete al baño y vístete allí.

Alcancé a ponerme la camiseta y los vaqueros, abrí la cortina y la puerta de la terraza, para que entrara el aire y no oliera a... lo que acababa de pasar ahí. Subí un poco el volumen de la tele. Mientras, tocaban más fuerte y de forma más insistente.

Intenté adecentar mi pelo y abrí la puerta. Miguel y Ariadna estaban allí, mirándome extrañados.

Ariadna pasó a mi habitación antes de que pudiera decir nada.

—Ya estábamos a punto de irnos. ¿Estabas dormida?

En ese momento salió Jordi del baño, perfectamente vestido y peinado.

—No, no... —tartamudeé—. Es que tenía la televisión demasiado alta y no oía la puerta.

Ariadna abrió los ojos como platos, miró hacia el sofá, que estaba completamente desarmado y dirigió su cabeza hacia mí, se dio cuenta de que no llevaba sostén. Miguel pareció no percatarse de nada, se dirigió al mini bar y cogió una *coca-cola*.

—Si no te importa, me voy a autoinvitar a un refresco, me muero de sed. ¡Pero qué calor hace en esta habitación!

Vi a Ariadna mirar hacia una de las patas del sofá, donde asomaban mis braguitas. ¡¡Mierda!! ¡Me había pillado! Miró hacia Jordi, que actuaba de una forma muy natural, el cual huyendo de la situación fue al mini bar y cogió otra *coca-cola* para reunirse en la terraza con mi jefe.

—¿Por qué todo el mundo está empeñado en vaciar mi mini bar? —dije para romper el hielo.

Me acerqué hasta las braguitas que asomaban, ya no podía hacer nada, ella las había visto. Las cogí, abrí el primer cajón que encontré y las puse dentro.

—Tranquila, Meritxell —dijo lo bastante alto para que Miguel y Jordi la escucharan—. No vas a necesitar el mini bar porque me prometiste que ibas a dormir en casa conmigo mientras estuvieras en Santa Catalina, ¿recuerdas?

Jordi me miró de reojo y me quedé completamente colorada. Me acerqué a ella. Mi amiga me miraba con auténtico odio, incluso podía entrever que aguantaba unas lágrimas en sus ojos. Hablé lo más bajito que pude.

—Por favor Ariadna, no me montes el espectáculo aquí, delante de Miguel. Me muero de la vergüenza, te lo explicaré todo... estoy segura de que lo entenderás, te lo contaré todo luego.

No estaba tan segura de que mi amiga comprendiera mi aventura, ya que ni siquiera yo sabía cómo había caído en todo esto.

—Te vienes a mi casa.

—Sí, sí. Iré contigo, no quiero dormir aquí sola.

—Ya veo que ni una siesta puedes echarte sola.

—Por favor —le rogué suplicante a mi amiga—, no digas nada más.

—En cinco minutos tenemos que irnos. ¿Vas a ir a la reunión en la comisaría sin sujetador, sin bragas y con esos pelos?

—No, claro que no.

Ariadna se acercó al mini bar y pilló una cerveza, se reunió con Miguel y con Jordi fuera y se pusieron a hablar. Yo estaba temblando, fui hasta la maleta y todo parecía demasiado arrugado, cogí la ropa que Ariadna me había prestado esa mañana y una muda de ropa interior limpia.

Fui al lavabo, me di un ducha rápida, recogí mi cabello en una cola de caballo y me maquillé un poco. Puse las cosas que había dejado desperdigadas por la habitación, incluidas las braguitas del cajón, en la maleta y me puse los tacones.

—Miguel. —Asomé la cabeza a la terraza. Estaba en mi habitación de hotel, así que me tomé la confianza de llamarlo por su nombre. Él me miró—. ¿Puedo dejar la maleta en tu coche? Luego iré con Ariadna, puedes decir en la recepción que no necesitarás más esta habitación.

—Muy bien, así me gusta, ahorrando dinero al periódico, que la cosa no está para derrochar.

Sonreí, Jordi parecía algo molesto y Ariadna también.

Capítulo 31

Ariadna

Llegamos a la comisaría y en la puerta estaban Rita y Noelia con su bebé, tal como habíamos quedado durante la visita que Miguel y yo le habíamos hecho durante esa mañana.

Paré a saludarlas.

—Rita, Noelia, estos son mis compañeros de *Maze News*, Meritxell y Jordi.

Ambos le tendieron la mano y pasamos todos juntos dentro. Rita y Noelia, junto al bebé, entraron en una pequeña salita seguidas por los agentes Rojas y Becerra, por David Sainz y una chica joven que llevaba puesta una especie de bata azul con un pequeño maletín de acero.

El resto entramos en la misma sala de reuniones que esa misma mañana.

Tomamos asiento y el inspector Cardona comenzó a hablar, tomando el rotulador en las manos. Debajo del símbolo que estaba escrito en medio de las dos descripciones de aquel psicópata escribió las palabras: «morder» y «mordisco».

—Eso es lo que significa este símbolo según nuestro departamento de la científica. Ese hombre está obsesionado con ese tema. Ariadna, sé que no se siente cómoda con este tipo de preguntas, pero ¿pudo ver alguna vez algún tipo de tatuaje o sombra en la planta de los pies de Gonzalo?

—La verdad, inspector, podría definirle con precisión cada abdominal de su estómago, pero nunca me dio por mirarle la planta de los pies.

—Hemos hecho algunas averiguaciones sobre la dirección en la que se hospeda —continuó hablando el inspector, dirigiéndose en todo momento a mí—. Como imaginábamos, no pertenece a la inmobiliaria. Legalmente su dueña es Vanessa Meyer, hasta hace sólo un par de meses figuraba también Gonzalo como propietario. Parece que no era su domicilio habitual, sólo un lugar donde solían pasar las vacaciones y algunos fines de semana.

Asentí, realmente no era un engaño, supuse que él no quería que supiera que era la casa donde pasaba los ratos libres con su mujer.

—Demasiado equipada para ser una casa que fueran a vender. Aun así ella sabía que yo me alojaría allí unos días.

—¿Por qué lo dice? —preguntó el inspector.

—Cuando llegué había en el garaje una moto, que tenía una nota pegada, algo así como: «He mandado traer tu moto. Me debes treinta pavos por la grúa. Vanessa».

—Eso no significa que ella supiera que usted se iba a hospedar, sólo que sabía que Gonzalo vendría a Santa Catalina y que necesitaría su vehículo.

Asentí.

—Tiene razón.

—Dos de mis agentes han ido a la casa durante el medio día —dijo David Sainz, sin dirigirse a nadie en concreto—. No tenía usted problemas en que echáramos un vistazo, ¿no? —dijo al ver mi cara, que se iba desfigurando por la furia.

—No, claro que no —respondí, no me convenía parecer molesta. Estaba segura de que Gonzalo no tenía nada que ver con todo esto.

—Hemos buscado por toda la casa, pero no hemos encontrado nada de interés. Señora Hinman, ¿podría aportarnos algo? —dijo el inspector Cardona, esta vez dirigiéndose a la criminóloga.

—Sólo lo evidente. El psicópata ha ido evolucionando. Seguramente pasó de observar y seguir a las chicas, a atacarlas, violarlas y torturarlas... quizás desde el primer momento esas marcas de cuchillo —dijo enseñando una foto del pecho de una de las primeras víctimas— quisieron emular mordiscos. ¿Por qué no las mordía directamente? ¿Por miedo? ¿A qué? Pues en un principio se podría pensar que al rastro de ADN, pero no es lógico, ya que las violaba sin protección. Prueba de ello es ese bebé que hay un par de salas más allá. Quizás con el tiempo se dio cuenta de que la satisfacción que obtenía al morder con sus propios dientes era infinitamente mayor a la obtenida por aquellas ridículas marcas de cuchillo, no olvidemos que estas psicopatologías que sufren este tipo de personas tan sólo buscan saciar una necesidad de emociones fuertes, les da igual todo lo demás, no ven las consecuencias, no ven más allá... cuanto mayor placer obtengan, mejor, de la forma que sea y al precio que sea. Como saben, la conexión se ha encontrado debido a que tres de las víctimas localizadas en San Antonio: Marisol Domínguez, Susana García y Vanessa Meyer, tenían las mismas marcas en el pecho, pero cicatrizadas, que nuestras víctimas de aquí. Se averiguó que ellas vivían anteriormente en Santa Catalina. Marisol fue víctima de violación en enero de 2008 y se quedó en el intento en el caso de Susana, en octubre de 2007... Vanessa tenía las mismas marcas, pero no hay rastro de denuncia. Si nos guiamos por ellas, Susana fue su inauguración, pero no estoy segura de querer fiarme tan sólo de las denuncias obtenidas. No hay pruebas de que Bibiana fuera violada en ningún momento, además era muy joven, tenía tan sólo diecisiete años. Si la violó, nunca fue denunciado por ello y tampoco tenía marcas en el pecho. También puede significar que ella pudo ser la primera... quizás la conoció y tuvo relaciones sexuales consentidas con ella, es algo que tendríamos que investigar... no quedó satisfecho y volvió para acabar el trabajo. Todas vivieron en Santa Catalina durante un tiempo antes de mudarse a San Antonio. En el caso de Bibiana, vivió unos meses aquí desde agosto de 2007 a julio de 2008, cuando tenía catorce, y cumplió los quince antes de marcharse a vuestra ciudad —dijo mirando hacia mí—, es una edad complicada en la que se empieza a conocer hombres y a sentirse atraída por ellos, por lo que yo no descartaría muy rápidamente la hipótesis de que él se convirtiese en su amante.

—Sería interesante, pues, hacer una intensiva investigación de Bibiana, saber por qué motivos vivió aquí, por qué motivos se mudó, a quién conocía, a qué escuela iba, quiénes eran sus vecinos —dijo el inspector. Cogió el rotulador y rodeó el nombre de Bibiana Cárdenes, sacando tres flechas en cuyo final escribió: «¿Primera víctima? ¿A quién conocía? ¿Por qué se fue de San Antonio?».

—Como sabéis por lo que acaba de contarnos el inspector Cardona —continuó la señora Hinman—, Vanessa Meyer también tenía una casa aquí, aunque no parecía ser su domicilio habitual, pero tenía contacto con esta ciudad. Así que parece que este distrito es el nexo que une a las víctimas.

Sonó el teléfono de la sala donde nos encontrábamos y el inspector Cardona se disculpó antes de contestar.

—Sí, le escucho. —El inspector Cardona asintió. Estuvo al teléfono unos diez minutos, tomó nota de algo en un papel—. Muy bien, entiendo. Por favor, agradézcale a la señora Rita Velázquez su colaboración, sería interesante contar con ella para seguir investigando. El inspector Cardona parecía algo agitado al colgar el teléfono—. Tenemos otro asesinato.

—¿Otro? —dijo el inspector Alvarado que por fin hablaba, sacando su teléfono móvil del bolsillo interior de su chaqueta y comprobando algo en él—. ¿En San Antonio?

—No, no en San Antonio. Aquí mismo, en Santa Catalina.

—¿Cuándo?

—Hace cuatro meses, en enero de este año —dijo el inspector Cardona leyendo el papel que tenía delante.

—¿Cómo es posible? —pregunté sorprendida—. ¿Y qué tiene que ver con Rita?

—Como sabe, aún no habían localizado a Elena Morales, ni tampoco a Ángela Batista. —Asentí, corroborando en mis apuntes los nombres de las chicas—. El contacto de Rita ha averiguado que Ángela Batista se cambió de nombre dos semanas después y se mudó al otro extremo de Santa Catalina. Pasó a llamarse Celeste García.

—¿Volvió a buscarla? ¿La mató? —preguntó Meritxell, parecía asustada.

—No sabemos si fue él, mis agentes han hecho unas comprobaciones y efectivamente fue violada antes de morir, con el uso de preservativo, ya que no había evidencias de ADN, pero no posee ninguna marca de mordisco ni nada por el estilo. Sólo dos navajazos limpios a la altura del hígado, que resultaron fatales. Se desangró en mitad de la noche, la encontraron muerta por la mañana en un parque no lejos de su casa.

—Es horrible —susurró mi amiga.

El inspector Cardona cogió el rotulador y escribió al lado del nombre de la víctima que acababa de nombrarnos el de Celeste García.

—Podemos añadir algo al perfil de este psicópata —dijo la señora Hinman—, vuelve para acabar su trabajo.

—Deberíamos poner protección a Rita y a Noelia... —dije completamente aturdida.

—Hablaré con mis agentes. Tenemos que localizar a Yurena Santana y a Elena Morales.

Cogí mis notas y busqué entre miles de garabatos el teléfono de Yurena, que apunté en un trozo de papel que tendí al inspector.

—Este es el teléfono de Yurena, no se fía mucho de la policía, le ruego la disculpe si dice algo inconveniente. Cuando Rita me pasó los datos que tenía no incluyó la dirección de su casa, pero quizás pueda conseguirla.

—Muchas gracias, señorita Ariadna. Si no tienen más que aportar o añadir, necesito trabajar con mis agentes. Necesitamos saber más de Bibiana Cárdenes. Agente Alexander, recopile toda la información posible y elabore un informe.

—Por supuesto, señor.

*

Salí de la sala completamente asustada, pensaba en Noelia, en Diego y en Rita, estaban en peligro, ese hombre podría volver de un momento a otro para acabar con ellas.

Rita hablaba con el agente Rojas y en cuanto me vio, se disculpó y se acercó a mí.

—Van a dejarme participar en el caso —me dijo emocionada—, gracias por traerme aquí.

—Gracias a ti por todo lo que has aportado, si no fuera por ti no tendrían nada de nada, más que un perfume caro… oh, lo había olvidado. —Giré sobre mis talones y me dirigí al inspector Cardona antes de que entrara en su despacho—. ¡Inspector! Disculpe, se me ha olvidado algo... Las chicas con las que he hablado están de acuerdo en que el olor de su atacante era un tanto peculiar, un perfume caro que he podido localizar en unos grandes almacenes gracias a Rita. —Saqué el frasco del bolso y se lo tendí al inspector—. No sé si servirá de ayuda, a mi todos estos perfumes de hombre me huelen igual, pero bueno, no está de más saberlo.

El inspector lo cogió y asintió.

—Una vez más, muchas gracias.

Cuando me di la vuelta Rita ya no estaba. Podía ver a Noelia, aún seguía reunida con el agente Becerra.

—Señor —dije antes de que el inspector cerrara la puerta de su despacho—, ¿va a ponerles protección?

—Descuide, lo haré.

Miguel nos acercó a Meritxell y a mí a la casa, ella parecía triste, preocupada. No decía nada, miraba a un lado, parecía muy afectada, todos lo estábamos. Jordi estaba sentado junto a Miguel, en el asiento del copiloto, y miraba una pequeña libreta en la que no paraba de escribir cosas. Y Miguel parecía en su mundo.

Aún me sentía muy enfadada por lo que me había encontrado ese medio día en el hotel, no entendía cómo Meritxell pudo hacer algo así. Víctor la quería tantísimo y yo estaba segura de que ella a él también. Sin embargo, yo había visto ese deseo en los ojos de ambos prácticamente desde el primer minuto en que se conocieron. Necesitaba hablar con ella, pero también necesitaba centrarme en el caso, estaba preocupada por Rita, por Noelia, por Yurena, por esa otra chica que aún no habíamos logrado localizar, y a saber si había alguna más que no supiéramos.

En cuanto llegué a casa encendí mi portátil y conecté el Wi-Fi por USB.

—¿Puedo colocar toda esta ropa en algún sitio? —preguntó Meritxell, con la maleta en la mano.

—Justo al lado de mi dormitorio hay dos más, elige el que prefieras. Puedes coger un juego de sábanas limpias del primer cajón de la cómoda que se encuentra en el pasillo.

—Ariadna, yo... —Meritxell parecía avergonzada y evitaba mi mirada.

—Ahora no, déjame hacer unas averiguaciones y luego hablaremos.

Meritxell se perdió escaleras arriba y yo me senté frente al portátil. Busqué el nombre de Celeste García junto a la fecha de su asesinato.

Entré en el primer *link* que me ofrecía el buscador:

> Celeste G., una mujer de unos veintidós años, fue hallada muerta en el parque San Martín en la ciudad de Santa Catalina, ligeramente oculta tras unos matorrales. El cadáver estaba completamente cubierto de sangre, la cual parecía brotar de unas heridas cerca de su abdomen. Un operador del número de emergencias recibió una llamada ayer a las siete de la mañana de una joven de veinte años que había acudido al parque a hacer su ejercicio matutino de *footing*, le llamó la atención un tacón tirado al lado de un banco por lo que paró de correr y, justo detrás, pudo distinguir el costado desnudo de la víctima.
>
> Después de que el forense diera el visto bueno para el levantamiento del cadáver, fue llevado a la sala de autopsias de la policía científica de Santa Catalina, donde tras un examen averiguaron que la chica había sido violada. Se encontraron diferentes marcas en las muñecas de la víctima, se cree que debidas a la inmovilización que su atacante realizó sobre ellas, no hay rastro de fibras ni marcas de cuerda, por lo que se piensa que la inmovilizó con sus propias manos. Después de ser violada, la víctima recibió dos cuchilladas en la zona del hígado, pronto quedaría inconsciente por el desangramiento que culminó con su vida.

¡Era terrible! ¿Pero por qué ni una sola marca de mordisco? Tenía que ser él, no podía ser otra persona. Comprobé fechas, ella fue la primera con la que utilizó preservativo, al menos que se sepa, me ponía la piel de gallina no haber podido localizar aún a Elena Morales. Intenté indagar por todas las páginas de operadores telefónicos donde poder localizar su número de teléfono, pero no era tan fácil. No había nada a su nombre.

Recordé que conservaba el teléfono del inspector Cardona y le telefoneé.

—¿Qué ocurre, señorita Ariadna?

—Inspector, ¿sería posible que alguno de sus agentes me facilitara el nombre de los padres de Elena Morales?

—Estoy en medio de una reunión con David Sainz, la paso con el agente Becerra.

Tras unos segundos, otro hombre cogió el teléfono.

—Agente Becerra.

—Disculpe, agente. Soy Ariadna Betancor de *Maze News*. Me preguntaba si sería posible localizar el nombre de los padres de Elena Morales.

—Deme un minuto, veré qué puedo hacer.

El agente activó el hilo musical al otro lado de la línea y tras quince minutos a la espera, volvió.

—Disculpe la tardanza. Elena Morales se había quedado huérfana hace seis años, sus padres eran Manuel Morales y Virginia Mejías, al parecer tuvieron un accidente de tráfico. Vivía con su hermana Cintia Morales, de veintiséis años de edad y con su novio... —Tardó unos segundos en continuar, mientras se escuchaba el ruido de papeles al otro lado—. El novio de Cintia se llama Carlos Plasencia.

—Muchísimas gracias, agente.

Busqué en las guías telefónicas información sobre Cintia Morales Mejías, pero tampoco pude localizar ningún número. Me aparecían sesenta y ocho Carlos Plasencia tan sólo en el distrito dos, demasiados números de teléfono, sin su segundo apellido sería difícil localizarlo.

Busqué el número de Rita en la agenda del móvil y le di al botón de llamada.

—Rita, necesito que localices a Elena Morales.

—Lo intento Ariadna, no es fácil. En el ayuntamiento no hay ninguna información sobre ella.

—Apunta, sus padres se llamaban Manuel Morales y Virginia Mejías, murieron hace seis años, pero puede que esté en alguna propiedad que perteneciera a ellos y no hayan cambiado el titular de la línea. Antes de su violación, ella vivía con su hermana Cintia Morales y el novio de esta, Carlos Plasencia. Por favor, intenta localizarlos.

—Lo haré, mañana por la mañana intentaré conseguir algo.

—¿Te han puesto protección?

—Sí, yo les he dicho que no es necesario, que sé cuidarme sola, pero se han empeñado. Hay dos agentes fuera de casa, que serán sustituidos cada seis horas aproximadamente, por otros agentes.

—Me quedo más tranquila. Esto no es un juego Rita, ten mucho cuidado. ¿Y Noelia?

—Ella igual, dos agentes que la llevaron a su casa hicieron el primer turno de guardia.

Respiré aliviada.

—¿Hablaron con Yurena?

—No, tenía el móvil apagado, supongo que estará trabajando, creo que me dijo que trabajaba en un bar o algo así. Mañana por la mañana intentaré localizarla de nuevo, si sigue apagado, averiguaré su dirección.

—Gracias Rita.

Colgué la llamada y fui hasta la cocina a preparar un café, que fui tomando mientras cogía un folio en blanco y un bolígrafo, escribí:

> Bibiana Cárdenes, la conoce con catorce o quince años, probablemente la seduce y tiene relaciones sexuales consentidas, no tiene marcas de cuchillo ni figura ninguna denuncia. En julio de 2008 se muda a Santa Catalina. Él la encuentra en febrero de 2011. Quizás intentó un acercamiento voluntario, pero ella no quiso, fue violada y asesinada.
>
> Susana García, intentó violarla en octubre de 2007, pero ella escapó. Aun así logró hacerle las marcas con el cuchillo en el pecho. En algún momento ella se muda a Santa Catalina y él la encuentra, la mata en febrero de 2011.
>
> Marisol Domínguez, violada en enero de 2008 y asesinada tres años después.

Estaba agotada. ¿Cómo las localizaba? ¿Dónde vivía él? ¿Había alguien a quien conocieran todas las víctimas que se hubiera mudado de Santa Catalina a San Antonio?

Mañana continuaría, ya no podía pensar más. Subí hasta mi dormitorio. A pesar de ser apenas las nueve de la noche, necesitaba dormir algo, ni siquiera tenía hambre. Me había olvidado por completo de Meritxell. Me asomé a la habitación que estaba a la derecha de la mía y estaba dormida. Decidí que mañana sería un buen día para hablar de todo lo que había pasado.

Capítulo 32

Meritxell

Tocaban de forma insistente a la puerta, miré la hora en el teléfono móvil, apenas eran las seis de la mañana. Me levanté y asomé la cara en la habitación de Ariadna, dormía y no se había enterado de nada.

Bajé las escaleras y abrí.

—Jordi, ¿qué haces aquí? —dije muy bajito, como si mi amiga pudiera escucharme.

—Tenía que verte.

—¿Por qué? ¿Qué ocurre? —Parecía algo triste, ansioso quizás.

—Necesitaba besarte. —Jordi se acercó, pero puse mi mano en su pecho para impedírselo.

—Jordi, tienes que irte. Si Ariadna se despierta, me matará al verte aquí. ¿Qué haces levantado tan temprano?

—No podía dormir, me desperté a las cuatro y estuve adelantando algo para el futuro reportaje que traerá todo este caso.

—Es verdad, con tanto lío al final se me olvida que yo también debería estar escribiendo —dije pensativa—. Tienes mucho material, ¿no? No has parado de hacer anotaciones.

Asintió.

—Sí, quiero hacer un buen trabajo.

—Este es un caso importante, Miguel ha confiado en ti para esto. Si seguimos sacando tanta información, podríamos escribir algo grande. Una especie de libro o algo así.

—¿Me dejas pasar? Me estoy helando.

Pensé un segundo y me aparté de la puerta para que entrara.

Fui hasta la cocina a preparar café, la verdad es que era la primera noche en mucho tiempo que dormía bien, sin despertarme un montón de veces y sin tener pesadillas, pero aun así necesitaba un café.

Jordi sacó la libreta de su mochila y la abrió, leyendo algunas notas.

—¿No te parece increíble todo lo que hemos averiguado en tan poco tiempo?

—¿Hemos? Bueno, yo no me atribuyo el mérito, la verdad, no sé qué hago en medio de todo esto.

—Tú eres la protagonista —rio.

—Me halagas, cielo, pero lo único que hice fue escribir un buen avance, un buen artículo, y que mi mejor amiga desapareciera. No sé nada de nada de todo lo demás, no soy policía ni quiero serlo.

Jordi sonrió. Le serví un café y me senté a su lado.

—No quiero incomodarte, pero creo que deberíamos hablar…

—Jordi —le interrumpí—, no sé qué quieres oír.

—Pues me encantaría oír que te has dado cuenta de la realidad, que ya no quieres a Víctor, que conmigo se te pone la piel de gallina… —Jordi se giró un poco hasta quedarse justo frente a mí, colando su pierna izquierda entre mis piernas, acariciando mi mejilla con el dorso de su mano—, que consigo excitarte más de lo que has experimentado en los últimos años con tu esposo. —Puso la otra mano en mi muslo, sin apartar su mirada de la mía—. En definitiva, me encantaría oír que aunque te da miedo cambiar, que estás cómoda con tu relación, con tu monótona vida… quieres intentarlo.

Estaba acercándose a mí, sabía que quería besarme, pero ¿hasta qué punto Jordi tenía razón? ¿Todavía seguía queriendo a Víctor o estaba junto a él por comodidad? Diez años era mucho tiempo y últimamente teníamos muy pocos encuentros en nuestro dormitorio…

—Jordi, tienes que dejarme pensar en todo esto, no sé lo que quiero ahora mismo.

—Déjame ayudarte. —Se acercó aún más y me besó, no sabía si quería apartarlo, mi piel volvía a erizarse y en pocos segundos la temperatura de mi cuerpo subió. Era triste para mi matrimonio que no sintiera ningún tipo de remordimiento por Víctor, y que cada vez pensara menos en ello. La sensación que pellizcaba mi estómago cuando Jordi me besaba me tenía completamente enganchada a él.

—¡Joder! ¡No os cortéis! ¡Estáis en vuestra casa! —Ariadna gritó desde el rellano de la escalera, no estaba segura de si acababa de vernos o llevaba ahí rato, no había oído ni un paso, ni un atisbo de respiración.

—¡Mierda! —Fue lo único que pude susurrar antes de que se pusiera a gritar como una energúmena.

Jordi estaba completamente sereno, se había apartado a medio metro de mí, la escuchaba tranquilo, pero yo me moría de la vergüenza. Estaba tocando fondo, quién era yo, qué hacía aquí, por qué estaba metiéndome en todo este lío si era feliz con mi vida, y lo más importante, cómo era posible querer a Víctor cuando había dejado que otro hombre acelerara mi corazón.

Ariadna se dio cuenta de que no la estaba escuchando y vino hacia donde estábamos nosotros. Se sirvió un café.

—¡Haz lo que quieras, Meritxell, tú sabrás! Al fin y al cabo es tu vida —dijo después de tranquilizarse mirando hacia mí.

Jordi cogió los apuntes que tenía delante y pasó algunas páginas, como buscando una excusa para cambiar de tema y borrar toda aquella incomodidad.

—Anoche pude hacer unas averiguaciones —dijo muy bajito. Ariadna lo miró con interés, como si de repente estuviera hablando con otra persona—. Vanessa Meyer no sólo tenía una casa de vacaciones aquí, se crió a menos de dos kilómetros, en una casita modesta en las afueras. Vivió con sus padres y su hermana pequeña hasta que cumplió los veintidós años, momento en el que se mudó a San Antonio. Al año conoció a Gonzalo y en poco tiempo decidieron casarse.

—¿Cómo has sabido todo eso? —le preguntó Ariadna borrando la expresión de enfado de su cara. Parecía sorprendida.

—Bueno, yo también tengo amigos Ariadna, he hecho unas llamadas. Sus padres aún viven en la misma casa y su hermana se fue hace un año a San Antonio también, creo que estaba estudiando allí algo que tiene que ver con Publicidad, no estoy seguro. Comparte piso en el campus universitario y los fines de semana viene para visitar a sus padres. Bueno, todo esto no tiene importancia para el caso, pero ayer conseguí el teléfono del piso de Julia, su hermana. La verdad es que no le dije toda la verdad, le conté que estábamos investigando el asesinato de su hermana, pero no le dije que era periodista. Le trasladé que sería interesante para esclarecer algunos hechos saber por qué Vanessa se fue de Santa Catalina hacía seis años.

—¿Te contó algo interesante? —Ariadna ya estaba escribiendo en su libreta, trazaba círculos y flechas, escribiendo fechas y datos. Yo suspiré, me daba la impresión de que yo era la única que estaba incómoda cada vez que se nombraba algo de aquel psicópata o de alguna de sus víctimas.

—Después de protestar algunas veces, por la irrelevancia de aquello, y de yo insistirle una y otra vez me contó algo que me pareció curioso. Me dijo que ella apenas tenía trece años, estaba en plena rebeldía adolescente, pero que su hermana y ella se querían muchísimo, sobre todo porque Vanessa nunca la trataba como una cría y le contaba todo. En definitiva, unas semanas antes de marcharse, Vanessa le había dicho que había un chico que no paraba de seguirla, que él pensaba que ella no lo sabía, pero que no era tonta, lo había visto en el centro comercial cuando iba con sus amigas a tomar el café, en el parque cuando iba a hacer *footing* cada tarde, hasta lo había visto en la cafetería donde solía desayunar. Su hermana le dijo que era guapo, pero que le daba miedo, no le ofrecía mucha confianza. De pronto un día le dijo que ese chico se la había acercado, venciendo su timidez, para presentarse y que resultó ser un tipo agradable, no recuerda su nombre y nunca le describió su aspecto, si lo hizo alguna vez ya no lo recuerda. A los pocos días de aquello Vanessa dijo en casa que se iba, a su hermana le extrañaba esa decisión tan repentina, si ella se lo hubiera estado planteando con antelación seguramente ella lo sabría mucho antes que sus padres, pero esta vez fue diferente, en menos de una semana Vanessa se había ido de casa, negando una y otra vez que hubiese un motivo, simplemente quería cambiar de aires. Había conseguido una especie de estudio cerca de nuestras oficinas de *Maze News* y al poco conoció a Gonzalo.

—¿Qué piensas? ¿Crees que Vanessa conoció a su asesino seis años antes de que la matara? —dije yo, intentando participar de alguna forma.

—No lo sé, pero si es así, sin duda alguna Vanessa podría ser el primer contacto de ese lunático, ¿no creéis? Seis años es mucho tiempo.

—Esperemos que no haya ninguna chica más que no conozcamos —dijo Ariadna.

Sonó mi teléfono móvil y corrí escaleras arriba a buscarlo, la insistente llamada no se cortó y me dio tiempo a descolgar. Era Miguel.

—Siento telefonearte tan temprano.

Miré la hora, eran cerca de las siete y tenía la impresión de llevar medio día despierta.

—Tranquilo, no estaba durmiendo.

—Tenéis que venir a comisaría ahora mismo, estoy tratando de localizar a Jordi también, estoy tocando en su habitación pero no responde.

—Está aquí con Ariadna y conmigo.

—Bien, venid los tres ahora mismo.

—¿Qué ha ocurrido?

—Esto se desmadra, Meritxell, ese tipo parece estar siguiéndonos…

—¿Qué quieres decir?

—Hace como una hora han dado un aviso de un cadáver. El inspector Cardona y su equipo se han acercado y me ha telefoneado en cuanto ha leído el nombre en la identificación de la víctima. Era Yurena Santana.

—Yurena es la segunda víctima, ¿no? —Pude recordar de la reunión del día anterior.

—Exacto.

—Pero, ¿no le pusieron protección?

—A ella no, no lograban localizarla. El vecino que la ha encontrado conocía a Yurena del bar donde trabaja, tan sólo dos calles atrás. Su horario era hasta la dos y el forense confirma que la muerte se produjo entre la una y media y las tres de la madrugada. Es decir, ese tipo dio con ella, la siguió después del trabajo, tenía prisa, no la violó.

—¿No la violó? Eso es nuevo.

—Es un cambio. Como te he dicho parece que tenía prisa.

—¿Y cómo sabemos que es el mismo agresor?

—La estranguló, tras lo cual le dio un mordisco, tan sólo uno a la altura del cuello, y de regalo le dejó seis marcas pequeñas en forma de círculo o algo por el estilo en su pecho, no son muy profundas, pero ese hijo de perra no estaba de acuerdo con que esa pobre chica hubiera borrado su firma.

Me senté en el borde de la cama y se me saltaron las lágrimas.

—Es horrible.

—Meritxell, ¿se encuentra bien?

—¡No! ¡Odio todo esto! Señor Suárez, yo no soy policía, no sé qué hago aquí. Ariadna y Jordi ya estudian el caso para hacer el reportaje y yo… quiero irme a casa.

Ya no podía evitar llorar, las lágrimas salían sin control de mis ojos. Me sentía débil, tenía miedo. Yurena era la única de las tres víctimas que habíamos localizado que no tenía protección policial, ¿cómo podía saberlo él? ¿Era una coincidencia que la hubiese atacado? ¿Cómo podía ser tan cínico de volver a dejar las marcas en el pecho?

—Por favor, Meritxell, entiendo lo que me dice, pero necesito que ahora vengáis los tres. Durante el almuerzo podemos discutirlo.

—Está bien.

Sequé mis lágrimas y bajé las escaleras. Ariadna y Jordi no paraban de hablar y de anotar cosas.

—Han matado a la segunda víctima. Estrangulamiento, un mordisco en su cuello y unas marcas de cuchillo en su pecho en forma de círculo.

Ambos se quedaron callados, pálidos, mirando hacia mí.

—¡Joder! —consiguió decir Ariadna tras unos segundos.

—Tenemos que irnos a comisaría.

Subí de nuevo a la habitación y me di la ducha más rápida de mi vida. Abrí la maleta, de la cual aún no había sacado el equipaje, y cogí unos vaqueros y una blusa blanca abotonada a un lado. Me puse los zapatos más cómodos que encontré. Recogí mi pelo y di una rápida capa de maquillaje.

Cuando bajé las escaleras Ariadna apenas estaba saliendo de la ducha. Me senté junto a Jordi en el sofá del salón a esperarla.

—¿Estás bien? —Jordi me miraba preocupado.

—No, no lo estoy. No sé qué hago aquí en medio de toda esta mierda.

—Ya te dije que tú eres la protagonista.

—Yo no soy nadie Jordi, no digas gilipolleces.

Jordi cerró la boca y agarró mi mano. Acarició mi mejilla y me agarró la cara para que lo mirara a los ojos.

—No debes asustarte, no pasará nada. Verás que al final todo se soluciona.

Esperaba que así fuera.

Capítulo 33

Ariadna

No podía creer que ese maldito lunático hubiera dado con Yurena, lo encontraría, lo encontraría aunque fuera lo último que hiciera.

Estaba terminando de subirme a los tacones más altos que tenía cuando lo decidí, yo era mejor que él, todos nosotros lo éramos, íbamos a encontrarlo al precio que fuera.

Al bajar las escaleras vi a Jordi y a Meritxell demasiado juntos, de la mano en el sofá. Me sacaba de quicio pero ahora no tenía tiempo para todas estas tonterías «adolescentes», ya me encargaría de ellos más tarde. Agarré el bolso, el portátil, todos los papeles que había dejado desperdigados en la mesa del comedor y noté que una llave abría la puerta justo cuando ya nos disponíamos a salir.

Gonzalo estaba frente a mí, llevaba una barba de al menos una semana y tenía muy mal aspecto. Las ojeras eran increíbles y tenía una apariencia descuidada, aunque su vestimenta seguía siendo la misma ropa cara de siempre, estaba arrugada y no parecía muy limpia, llevaba en la mano la misma maleta que el día que nos fuimos a la casa rural y me miró extrañado al ver a Meritxell y a Jordi de pie junto a mí.

—Gonzalo, ¿estás bien? —Tiré todos los bártulos al suelo y me acerqué a él para abrazarlo.

—Hola princesa, te echaba de menos. —Correspondió a mi abrazo y me besó.

—¿Qué te ha pasado?

—Es una larga historia pero, en definitiva, bueno... mi padre ha muerto, tuve que irme a Florida unos días, él vivía ahí desde que se murió mi madre, hace diez años.

—Ariadna... tenemos que irnos. —Oí a Jordi, pero lo ignoré.

—Cuando te dejé aquí después de nuestro fin de semana y me dirigía a San Antonio me telefoneó Héctor, mi hermano. Me dijo que le habían detectado un cáncer de pulmón a mi padre, que no se encontraba bien. Fui allí unos días y decidí volver para hablar con un amigo que trabaja como médico en uno de los hospitales más importantes de Santa Catalina, fue cuando vine a verte. Esa misma tarde se vino conmigo a Florida... pero ya no se podía hacer nada, le detectaron metástasis y ayer por la mañana falleció.

—¡Cielo! ¡Lo siento! —Lo abracé y escuché a Jordi de nuevo llamándome—. Ahora tengo que irme, pero quédate aquí, descansa, luego hablaremos.

—Debería venir con nosotros a comisaría —dijo Jordi. Meritxell lo miró escandalizada. Yo sabía que tenía razón, lo estaban buscando desde hacía días, pero no quería ver sufrir a Gonzalo. Si se enteraba de que a su exmujer la habían asesinado, iba a hundirse.

—¿Yo? —preguntó Gonzalo al ver que nadie decía nada más.

—Cielo, tienen razón. Ha pasado algo y... bueno, deberías venir con nosotros. —No tuve fuerzas para decírselo.

—Está bien. —Soltó la maleta y me ayudó a recoger todo lo que había desparramado por el suelo.

—Deberíamos llamar a un taxi —propuso Meritxell.

—No es necesario, mi coche está ahí afuera. ¿Te importa conducir tú? Estoy muy cansado —me dijo mientras me tendía las llaves.

En unos diez minutos llegamos a la comisaría. Miguel y el inspector Alvarado estaban discutiendo algo con los agentes del caso, y en cuanto nos vieron llegar se quedaron completamente callados mirando hacia nosotros. Reconocieron a Gonzalo, supongo, y el inspector Alvarado venía agarrando sus esposas.

—Espere, espere por favor. —Me adelanté hasta el inspector, Gonzalo miraba extrañado, ajeno a todo aquello—. Por favor, aún no le he contado nada de lo que ha pasado.

—No hace falta, yo creo que lo sabe bien. —El inspector parecía enojado.

—No, no... está usted confundido. Gonzalo acaba de regresar de Florida, su padre murió ayer...

—¡Me importa una mierda!

—Por favor, déjeme hablar con él primero, no he tenido oportunidad de contarle nada, llegó hace quince minutos a casa.

—Le doy dos minutos, puede pasar a la sala del fondo, y procure que él no se mueva de allí.

Fui hasta Gonzalo, las lágrimas se me apretaban en los ojos. Lo tomé de la mano y sin decirle nada lo dirigí a la sala que me había dicho el inspector Alvarado. Meritxell y Jordi se quedaron donde estaban.

—Cielo, siéntate. Tengo que contarte algo.

—¿Qué ocurre, Ariadna? ¿Qué está pasando aquí?

—El viernes pasado, cuando veníamos a nuestro fin de semana, pasó algo horrible, encontraron a otra víctima del Asesino del Mordisco.

—¿Asesino del Mordisco?

—Sí, ya sabes, los asesinatos que han ocurrido los tres últimos meses en San Antonio, era el reportaje que cubría Meritxell, ¿te acuerdas de ella? —Gonzalo asintió confuso—. Conocías a la víctima. ¿No te han llamado?

—Cielo, no he encendido el teléfono en todo este tiempo, ni me he acordado de él.

Suspiré.

—Ese es el problema, que intentaron localizarnos desde el mismo momento en que apagamos nuestros teléfonos.

—¿Por qué? ¿Qué tenemos que ver nosotros con todo esto?

—Bueno, como te digo, conocías a la víctima. —Suspiré, no sabía cómo contarle aquello—. Cielo, esto no es fácil. —El inspector Alvarado tocaba enojado en la puerta de cristal y le hice una seña para que me diera un minuto más—. No puedo alargarlo, ni hacer que parezca menos feo de lo que es. Encontraron a tu exmujer en su apartamento, violada y asesinada.

—¿Qué? ¿Vanessa? Es imposible.

—Cielo... —Ya las lágrimas caían cara abajo, todo esto era difícil y el inspector me estaba agobiando, ¿por qué se empeñaban en que Gonzalo tenía algo que ver con todo este lío?— Eso fue el viernes por la mañana, intentaron localizarnos durante todo el fin de semana. Te buscaban sobre todo a ti, necesitaban hacerte unas preguntas y bueno, era sospechoso que desaparecieras del mapa de repente después de la muerte de Vanessa.

—Pero yo no desaparecí del mapa —dijo, más bajo de lo que nunca lo hubiera escuchado hablar. Parecía estar entendiendo de una vez lo que estaba pasando ahí afuera.

—Lo sé, lo sé... estabas conmigo, pero esos agentes necesitan hablar contigo.

—Ariadna, ¿Vanessa está muerta?

—Sí.

Gonzalo se tapó la cara frustrado, no tenía muy claro si estaba llorando o trataba de asimilar todo lo que estaba pasando. El inspector Alvarado abrió de golpe.

—Ariadna, necesitamos que salgas de la sala.

Me levanté y salí fuera, aturdida y desesperada por no poder hacer nada para aliviar el sufrimiento de Gonzalo. El inspector llamó al agente Alexander, que entró junto a él, y cerraron la puerta. En la puerta de al lado estaban entrando en ese momento el inspector Cardona, el agente Rojas y el agente Becerra. Miguel, Meritxell y Jordi estaban hablando algo con David Sainz. Me acerqué a ellos.

—¡Gonzalo no es él! —le grité a David Sainz, ya que era el único que había para escucharme.

—Esté tranquila, si no es él no tiene de qué preocuparse. Les estaba contando a sus compañeros que ya tenemos los resultados del ADN de Diego, el hijo de la víctima Noelia Casado. El ADN coincide con las muestras que tenemos del semen hallado en Virginia Medina.

Asentí, pero no estaba más tranquila. A los pocos minutos salió uno de los agentes y le tendió una bolsa de papel a David Sainz, volvió a entrar a la sala y David se fue.

—No es él —volví a decir, esta vez dirigiéndome a Miguel, Meritxell y a Jordi. Miguel me miraba con cara de pena y me sentí más enojada aún.

Fuimos hasta la sala donde nos habíamos reunido hasta ahora para hablar del caso y nos sentamos allí en silencio. Tras media hora, entraron los agentes y los inspectores.

—¿Dónde está Gonzalo? —pregunté.

—Debe permanecer en comisaría hasta que confirmemos algunas cosas. No tiene ningún tatuaje ni parece haber rastro de nada parecido en la planta de los pies. Aun así, lo va a examinar un experto que está de camino, en su ropa tampoco hay rastro de sangre.

—Ya les he dicho que pierden el tiempo, no es él.

—Tenemos que estar seguros, Ariadna, es nuestro trabajo.

Asentí.

El inspector Cardona se puso de pie junto a la pizarra y comenzó a hablar.

—Como sabéis, han encontrado muerta esta madrugada a Yurena Santana.

El agente Rojas se dirigió a un ordenador portátil que había encima de la mesa y enchufó un *pen drive*. El inspector desenrolló una de esas pantallas blancas. Apagaron la luz.

El agente abrió una carpeta y nos enseñó unas fotos de lo que parecía el cadáver de Yurena. Las marcas que le había hecho con un cuchillo eran prácticamente iguales a las que le hizo en noviembre de 2009 cuando la violó.

—Como veis —continuó el inspector—, las marcas son iguales a las que le hizo en su día, o muy parecidas. —El agente abrió otra foto que puso justo al lado para poder compararlas—. Esta es la imagen tomada en noviembre de 2009 —dijo señalando la foto de la izquierda—, y esta la que hemos tomado hace tan sólo unas horas. —El agente pasó las fotos—. Sólo hemos encontrado un único mordisco en su cuello, rociado con lejía, como en las víctimas de San Antonio. El test confirma que la víctima no fue violada ni tuvo sexo de ningún tipo esa noche. No se han encontrado huellas ni pruebas, la estranguló con sus propias manos. Parece que tenía prisa.

—¿Prisa? —preguntó Jordi.

—Sí, hallamos una pequeña punción en la espalda de la víctima. —El agente pasó a una foto donde se distinguía un minúsculo punto rojo—. Todavía no tenemos los resultados, pero estamos seguros de que drogó a la víctima para poder llevarla hasta esa calle, no lejos de su trabajo, y luego la estranguló. No hay señales de que ella se defendiera, sólo un mordisco y, aunque no se entretuvo en violarla, cosa que nos sorprende... no buscaba satisfacción, sólo acabar con ello lo antes posible, aunque se permitió el lujo de perder unos segundos, quizás un minuto en dejar las marcas de su pecho. Este tipo de psicópata actúa bajo un *modus operandi* que es el que satisface sus necesidades, que incluye sexo con la víctima. Anoche no obtuvo esa satisfacción, por lo que parece que se está asustando, que teme que nos estemos acercando. Es importante que no publiquéis nada de todo esto —dijo mirando hacia nosotros—, tenéis que dejarnos valorar este nuevo enfoque antes de que llegue a la prensa.

—Tranquilo, inspector. Desde *Maze News* no se publicará nada hasta que ustedes terminen la investigación.

Jordi se levantó y explicó todo lo que nos había contado hacía tan sólo un rato a Meritxell y a mí.

—¿Seis años? —repitió el inspector Alvarado frotándose la barba que empezaba a asomar—. Esto es un desmadre.

Les di los pocos datos que había podido conseguir de Elena Morales y Meritxell parecía en su mundo.

Capítulo 34

Meritxell

Miguel, Ariadna, Jordi y yo nos sentamos en un restaurante cercano a la comisaría para poder almorzar algo. Ya era el momento de terminar con todo esto. No tenía hambre, no podía quitarme la imagen de la última víctima de la cabeza, nada de aquello tenía buena pinta y estaba segura de que estaban lejos, muy lejos de la verdad.

Me pedí un sándwich vegetal y un refresco, mientras mis acompañantes se pedían el menú del día. Estuvimos en silencio un buen rato, todos parecíamos afectados con lo que estaba sucediendo. Me dispuse a hablar, ya había tomado una decisión.

—Me voy a casa esta misma tarde.

—¿Qué? —respondieron los tres casi al unísono.

—No hago nada aquí, esto no es para mí. Está afectando a mi vida, a mi sueño, a mi salud. No soy policía, ni detective y nunca he soñado con serlo. Una cosa es escribir lo que pasa y otra es involucrarme hasta tal punto.

—Meritxell, no puedo dejar que abandone ahora... —dijo Miguel.

—Señor Suárez, se lo agradezco, pero está decidido —le interrumpí—, si para ello he de dejar el periódico, lo haré.

Me miraron aún más escandalizados.

—¡Estás loca! —gritó Ariadna.

—Ariadna, sabes tan bien como yo que estoy estancada, que todos habéis averiguado cosas porque habéis investigado... yo me limito a escuchar, a ver cosas terribles y a intentar dormir por las noches sin que el miedo pueda conmigo.

—Pero es tu investigación —protestó Jordi.

—Es nuestra investigación. Si usted me da permiso —me dirigí a Miguel—, puedo comenzar a escribir algo de todo esto, pero desde San Antonio. Necesito irme, distanciarme de todo este caos que cada vez se enreda más. Ariadna y Jordi pueden quedarse y seguir ayudando, ellos pueden ir pasándome la información que tengan y yo iré dando forma a todo. Como le dije a Jordi, si todo esto sigue enredándose tendremos casi para un libro, o una tirada exclusiva... yo les animo a que continúen aquí, pero yo no puedo.

Durante los siguientes diez minutos se produjo un silencio sepulcral.

—Está bien, vuelva a casa —dijo Miguel—, no quiero volver a oír ni de broma que deja el periódico. Lleva muchos años y es mi mejor apuesta. Hay cosas que investigar en San Antonio. Sería interesante que entrevistara a la hermana de Vanessa Meyer, intentar saber un poco más sobre Bibiana Cárdenes, intentemos encontrar la pieza que nos falta. Este será el caso del siglo, será la periodista más famosa en todo San Antonio cuando esto termine.

—Ya le he dicho yo que ella es la protagonista —interrumpió Jordi, y lo fulminé con la mirada. Ariadna no decía nada.

—Ariadna está haciendo un gran trabajo... —dije.

—Los tres tendréis el reconocimiento que os merecéis cuando acabemos este reportaje.

—No quiero dejarte sola aquí —le dije a Ariadna—, pero Gonzalo seguro que se quedará contigo unos días. Lo soltarán hoy mismo, todos sabemos que no es él. Iré a preparar las cosas e intentaré coger un avión o un tren esta misma tarde de vuelta a casa.

—Jordi, coge mi coche y encárgate de que llegue a casa —ordenó Miguel. Jordi asintió cogiendo las llaves.

Me levanté del asiento y le di un abrazo a Ariadna.

—Espero que estés tranquila, verás que pronto sueltan a Gonzalo y lo dejan asimilar todo este horror que está viviendo.

—Gracias. —Me abrazó y me susurró al oído—: No creas que he olvidado que tenemos una conversación pendiente. Vuelve a casa con Víctor, descansa y desconecta de todo.

Sonreí y asentí.

Ariadna y Miguel se quedaron en el restaurante y Jordi y yo nos fuimos camino a la casa. Ariadna me dejó las llaves y me pidió que cuando me marchase las escondiera debajo del tercer macetero de geranios que estaba justo a la derecha del jardín de entrada a la casa.

Jordi estuvo muy callado todo el camino, y a mí tampoco me apetecía hablar. Una vez llegamos, tomó un par de cervezas de la nevera y subió conmigo hasta el dormitorio para ayudarme a recoger las cosas. En dos minutos estaba preparada la maleta.

—¿Quieres mirar en Internet si hay vuelos disponibles? —dijo tendiéndome la cerveza.

—No, la verdad es que prefiero ir directamente al aeropuerto y que me den billetes para el primero que tengan.

Jordi asintió.

—¿Me dejas tirado? —preguntó. De pronto parecía triste, decepcionado.

—No te dejo tirado Jordi, sabes que esto está acabando conmigo, tengo que irme. Seguiremos trabajando juntos en el caso.

Jordi asintió.

—¿Las pesadillas?

—No es solamente por no poder dormir bien desde hace semanas, es todo, ese hombre se ha metido en mi vida y no me deja respirar.

—¿Qué quieres decir?

Me senté en la cama y él se sentó junto a mí.

—Cada violación, cada muerte... me quita un poco de vida. Nos está pisando los talones, sabe que hemos venido a investigarlo aquí, tengo miedo, además siento que no soy más que una espectadora, necesito distancia para pensar, para sentirme segura y poder escribir algo, que al fin y al cabo es mi trabajo.

—No debes tener miedo, todo acabará bien. —Jordi me abrazó y olí su perfume, ese perfume que incluso antes de conocerlo se había metido en mis sueños... me dio un escalofrío—. ¿Por qué siempre que me acerco a ti se te eriza la piel?

Pensé un poco antes de contestar.

—Te lo contaré si prometes que no te reirás de mí.

Me miró sorprendido, la verdad es que no parecía tener ganas de reírse.

—Por supuesto.

—¿Sabes las pesadillas que te he contado? —Él asintió—. Las tengo desde antes de conocerte. No llevaba bien el cambio a sucesos y mucho menos este caso de asesinatos, así que cuando vi las fotos de aquellas tres chicas que fueron violadas, torturadas y estranguladas... empecé a tener unos horribles sueños. —Jordi tomó mis manos entre las suyas—. Al principio eran diferentes, es como si yo me hubiera puesto en la piel de ese psicópata.

—¿Qué quieres decir?

—Recuerdo cada pesadilla, cada sensación, como si realmente las hubiera vivido. En la primera, yo conocía a un joven, al poco tiempo me iba con él a un hotel, yo lo quería, sentía ternura por él. Pero después de hacer el amor, lo asfixié con una almohada y mordí su cuello hasta que sangró. La sensación fue extrema y te juro que cuando me desperté me dolían los brazos que aquel chico me apretaba mientras lo asfixiaba. —Jordi asintió sin decir nada—. En mi segunda pesadilla, ocurría algo por el estilo, pero cuando intentaba asfixiar a aquel chico con la almohada, él me apartó bruscamente, en lugar de golpearme o salir corriendo, me besó y me... bueno, violar no creo que fuera la palabra... pero ya me entiendes. Luego me dio un mordisco tan, tan fuerte que me desmayé. En la siguiente pesadilla, paso a ser la víctima directamente y en la cuarta, ya me veo atada y soy repetidamente violada...

—Dios, qué paranoia.

—Sí, es cierto —reí—. Sé que es una tontería, pero es que esos sueños parecen tan reales que se me quedan grabados como a fuego.

—Agradezco que lo compartas conmigo, pero ¿qué tiene que ver con tu piel de gallina cuando te abrazo?

Me quedé plenamente colorada y avergonzada antes de seguir hablando.

—Apareciste en mis sueños mucho antes de conocerte.

Jordi sonrió extrañado, no entendía.

—¿Qué?

—En todas mis pesadillas, el chico eras tú, con un nombre distinto, en una situación diferente pero siempre tú...

—Debiste imaginarlo después, eso es imposible.

—Lo sé, yo también lo pensé... pero hay algo que se coló desde un primer momento y que es inconfundible.

—¿El qué?

—Tu perfume.

Jordi parecía sorprendido, trastornado quizás. Un poco molesto, de eso estaba segura.

—Yo... no sé qué decir. Es horrible. ¿Por qué yo?

—Y yo qué sé, cosas de la psique humana —reí—. No te lo tomes a pecho, en mi mente se formó una imagen sexy y atractiva del asesino que suponíamos que en un primer momento seducía a sus víctimas y tú entraste en mi cerebro.

Jordi sonrió por primera vez esa tarde al escuchar el comentario.

—¿Imagen sexy y atractiva?

Reí yo también poniéndome aún más colorada.

—Bueno, tampoco nos vamos a hacer los tontos, ¿no? Si no me resultaras atractivo... no habría dejado que pasara todo lo que ha pasado.

Jordi volvió a sonreír.

—Espero que la próxima vez que sueñes conmigo sólo disfrutes a mi lado.

Sonreí.

—Bueno, ya te he contado mis pesadillas. ¿Nos vamos?

—¿Le has contado a alguien más todo esto?

—No. Bueno, Víctor sabe que tengo pesadillas y creo recordar que a Ariadna le conté con detalle la primera que tuve, pero que tú eres el protagonista, digamos que lo guardo sólo para nosotros.

Jordi sonrió de nuevo, aunque parecía un poco triste, supuse que al oír el nombre de Víctor.

—¿Vuelves con tu marido?

—Sí —asentí—, nunca lo he dejado, esto ha sido algo maravilloso pero... no sé cómo me metí en todo este lío, yo no soy así.

—Lo sé, te seduje, siempre consigo lo que quiero, es un arte que tengo. —Esta vez no sonrió—. Meritxell, yo siento por ti algo especial, pero debemos seguir trabajando juntos y somos buenos amigos.

—En efecto.

—Sólo quiero pedirte una última cosa.

—Adelante.

—Déjame despedirme de ti, probarte una vez más, amarte como nunca más podré volver a hacer…

Lo miré con ternura, deseaba a aquel hombre, lo deseaba con todas mis fuerzas, no quería decir que no y él lo entendió.

Me levantó de la cama y me abrazó, se apartó despacio para mirarme a los ojos y besarme… una última vez, no pasa nada por una última vez, me repetí, mientras las manos de Jordi se movían rápido para desnudarme. Me acarició y besó con una ternura incalculable, se tomó su tiempo en cada rincón de mi cuerpo, como si no quisiera que aquel momento terminase. Yo estaba tranquila, una última vez, me repetía cuando la imagen de Víctor venía a mi cabeza.

Capítulo 35

Ariadna

Miguel y yo entramos de nuevo a comisaría. La verdad es que echaba de menos conversar con él, desde que había dejado de ser su amante apenas habíamos cruzado un par de palabras, este era el hombre que yo recordaba. Estaba apasionado con todo lo que estaba pasando, con una historia que podía elevar al periódico a lo más alto. Compartí con él cada momento desde que llegué a Santa Catalina, en busca de algo que hubiera dejado atrás, algo que hubiera olvidado.

Me sentía un poco triste, por Gonzalo, por Meritxell que se iba, aunque sabía que era bueno para ella que volviera a casa con Víctor, alejarse de Jordi y de todo aquel caso que había hecho que su rostro envejeciera años en tan sólo semanas. Se tomaba todo esto como algo muy personal, no ponía distancia... y le hacía daño.

El inspector Cardona nos vio entrar y se acercó.

—Ariadna, si quieres puedes pasar a ver a Gonzalo. Nuestros especialistas no encuentran rastro de ningún tipo de tatuaje. Si él fuera el asesino, tuvo que ser algo dibujado. Están comparando su ADN con el de Diego y con el caso de Virginia Medina.

Entré en la sala y abracé a Gonzalo.

—Lo siento, mi amor, ojalá hubiera tenido tiempo de hablar esto contigo con mayor tranquilidad.

—No puedo creer que Vanessa esté muerta.

—Lo sé, lo siento.

—Ella era mi exmujer, pero también mi mejor amiga, no puedo entenderlo.

—Están dando prioridad a todo esto para que lleguen los resultados del ADN lo antes posible. En cuanto te descarten podrás venir a casa, ¿te quedarás unos días?

—Sí, claro que sí. No quiero irme a mi casa, no quiero volver al trabajo, quiero estar contigo. No puedo enfrentarme a todo esto yo solo.

—No estarás solo.

—No entiendo por qué soy sospechoso, ya han comprobado que a la hora que mataron a la víctima que encontraron anoche yo estaba en pleno vuelo desde Florida.

—Supongo que quieren asegurarse al cien por cien. No te preocupes, pronto saldrás de aquí.

—Estoy agotado, necesito dormir.

—Te traeré un café.

Salí fuera y pregunté a uno de los agentes si podía ofrecerme un café para Gonzalo. Me trajo dos cafés y entré de nuevo a la sala. Miré de soslayo y vi que Miguel estaba hablando con el inspector Cardona y la criminóloga, la señora Hinman.

Le tendí el café a Gonzalo, me quitó ambos vasos de las manos y me atrajo hasta sí, para que me sentara encima de él.

—Cielo, estamos en la comisaría.

—Que les den por culo, sólo necesito un beso y un abrazo de mi novia.

Lo abracé largo rato y me apartó para poder besar mis labios.

—Te quiero.

—Te quiero —respondí. Me sorprendía la facilidad con la que podía decírselo, lo sentía, lo sentía de verdad.

—¿Crees en mí? —me preguntó algo triste.

—Si no creyera en ti no estaría aquí.

Sonrió y volvió a besarme.

El agente Becerra pasó a la habitación y miró extrañado cuando me vio sentada encima de Gonzalo.

—Disculpe —dije levantándome.

—Puede irse señor Jiménez, le agradecemos su colaboración.

—¿Ya tenéis los resultados del ADN?

El agente asintió.

—Sí, queda descartado. Seguramente nos volveremos a poner en contacto con usted para hacerle algunas preguntas sobre Vanessa Meyer que puedan ayudarnos, pero ahora es evidente que necesita descansar. Ha pasado un día muy duro. Mi más sentido pésame por su exesposa… y por su padre.

—Gracias —dijo Gonzalo levantándose—. Estoy agotado, necesito dormir, hace al menos tres días que no toco una cama. ¿Puedes llevarme? —me preguntó.

—Dame unos minutos.

Miré la hora y eran las cuatro de la tarde, quizás no debería irme tan pronto, pero había hecho un montón de averiguaciones en pocos días y hoy Gonzalo me necesitaba. Hablé con Miguel, que no puso ninguna objeción a que me tomara el resto del día libre. Jordi aún no había vuelto y los investigadores estaban todos de un lado para otro como locos, pegados al teléfono… Miguel no podía hacer mucho.

—Déjame el número de Rita Velázquez. Intentaré hablar con ella y comprobar si ha logrado algo de información de Elena Morales.

Le extendí un trozo de papel con el número apuntado y agarré de la mano a Gonzalo, que casi se estaba quedando dormido de pie. Cuando llegué a casa comprobé que Jordi y Meritxell ya se habían ido, ya no estaban sus cosas.

Aunque no tenía sueño, me metí en la cama con Gonzalo y lo abracé hasta que se durmió.

Cuarta parte:

Mordisco final

Capítulo 36

Meritxell

Tenía los ojos como pegados, en la boca una sensación pastosa... mi mente estaba borrosa, no recordaba lo que había pasado en las últimas horas. ¿Estaba en casa? Sentía mi cuerpo engomado, me pesaban los brazos... ¿estaba acostada? Deduje que estaba en una cama, las sábanas olían a flores, como recién recogidas de la colada... intenté mover la cabeza, quería darme la vuelta. Me encontraba boca abajo y me costaba respirar, sentí un horrible mareo y ganas de vomitar, así que volví a la postura inicial.

Abrí los ojos, ¿me había quedado dormida de nuevo? Estaba todo tan oscuro. ¿Dónde demonios estaba? Quería llamar a Víctor, pero no me salían las palabras, las lágrimas de impotencia empezaron a asomar en mis ojos. ¿Qué demonios estaba pasando?

Sentí pasos lejanos, como en otra habitación, tenía que juntar todas mis fuerzas para gritar, necesitaba ayuda... quizás me había dado una especie de infarto mientras dormía y nadie se había dado cuenta. Intenté recordar, ¿dónde estoy?

Cerré los ojos con fuerza para intentar captar las imágenes de lo que había vivido en las últimas horas, pero sólo me venían a la mente pequeños momentos: Ariadna estaba muy triste, y Gonzalo aún más con todo lo que había ocurrido... Miguel, Jordi y Ariadna parecían decepcionados cuando les dije que volvía a casa, a casa... ¿estoy en casa? No lo recuerdo.

Un fuerte dolor de cabeza taladraba mi cerebro y no me dejaba recordar. Jordi me llevó al aeropuerto pero, ¿llegué al aeropuerto? No lo sé. Intenté buscar en mi mente algún número de vuelo, algún sonido característico... pero aquello estaba vacío, no lo recordaba. ¿Jordi? ¿Dónde está? Pude esbozar una leve sonrisa al recordarlo, era un buen chico, guapo, sexy... ¡¡Lo deseaba tanto!! Tierno, dulce, lograba subir la temperatura de mi cuerpo hasta límites insospechados.

Empezaba a notar mi cuerpo y de pronto advertí que me dolía muchísimo el hombro derecho, no alcanzaba a ver nada y no tenía fuerzas para mover las manos y llevarlas hasta allí. ¿Qué había pasado? ¿Habíamos tenido un accidente de tráfico? ¿Estaba en un hospital? ¿Podría llamar a la enfermera? Intenté sacar fuerzas de todas partes y pude mover un poco mi mano derecha, palpé por las sábanas en busca de algún mecanismo, algún botón para activar la llamada, no lo encontraba... ¡Joder! ¿Dónde ponían esos malditos trastos?

Echaba de menos a Víctor, Víctor mi cielo, mi amor... los ojos me escocían al resbalar mis lágrimas... ¿un hijo? No sabía si quería madurar tanto, pero ya había cumplido treinta y uno, él tenía razón, no debíamos esperar más... un pequeño, en mi vientre creciendo... un hijo al que amar y darle todo.

Temblaba, ¿tenía frío? No estaba segura, me di cuenta de que estaba desnuda, pero no parecía hacer frío. Este hospital es una mierda... ¿Dónde está Jordi? ¿Está bien? ¿Está vivo? ¿Qué ocurrió? Cerré los ojos con todas mis fuerzas, buscando una imagen que no aparecía.

Capítulo 37

Ariadna

Decidí tomarme el resto de la tarde libre, no pensar en violaciones, asesinatos. ¡Estaba harta de todo! Me tiré frente al televisor y me dediqué a pasar canales, de vez en cuando daba una cabezadita, hasta que cerca de las ocho de la tarde me levanté para preparar la cena. ¿Habría llegado ya Meritxell a casa? La llamaría más tarde.

Oí la ducha y al poco tiempo Gonzalo bajó las escaleras, tenía mucho mejor aspecto, llevaba puesta una camiseta y unos *bóxers*, recién afeitado olía mejor que nunca. Me abrazó y nos sentamos a la mesa a tomar la ensalada de pasta que acababa de preparar.

—Te echaba tanto de menos que pensé que iba a volverme loco.

—Anda, exagerado. —Podía ver, tras esa nube de tristeza que tenía en los ojos, algo de eso tan especial que hacía que tuviera ganas de sonreír todo el tiempo.

—Me hiciste mucha falta en Florida.

—Siento mucho todo lo que ha pasado. —Me levanté de la silla en la que me encontraba frente a él y me coloqué justo a su lado para poder abrazarlo—. ¿Puedo preguntarte algo? —Asintió—. Si Vanessa y tú os llevabais tan bien, ¿por qué ya no estais juntos?

—Pues, no lo sé… de repente un día nos dimos cuenta de que éramos dos buenos amigos, que ya no se amaban.

—¿Cómo la conociste?

—Se me hace difícil pensar que ya no está... —Suspiró y agitó la cabeza—. La conocí al poco tiempo de mudarse a San Antonio, yo tenía un dinero reunido y estaba estudiando posibilidades de mercado para asentarme en una buena posición en San Antonio. Mi compañero y yo siempre nos reuníamos en un bar, donde con una cerveza en la mano siempre estábamos pensando qué hacer, hablábamos, reíamos, nos divertíamos y soñábamos. Home Seekers fue tomando forma en nuestras cabecitas. Vanessa trabajaba en aquel bar, me parecía una cría de lo más agradable. Siempre sonreía, nos miraba con curiosidad... su mirada... —Se le llenaron los ojos de lágrimas—. ¡Joder! ¡Maldito hijo de puta! ¿Por qué atacó a Vanessa?

—Lo siento... —No podía decirle otra cosa. Le tendí un vaso de agua, que bebió casi por completo antes de seguir hablando.

—Empecé a esperar que Vanessa terminara su jornada y la acompañaba a su piso. Pronto nos hicimos muy amigos. Le conté todos los planes que teníamos, que nos habíamos decantando por el sector inmobiliario, que me hacía mucha ilusión este proyecto... Roberto y yo nos conocemos desde que teníamos unos cuatro años, somos grandes amigos, es como mi hermano, siempre está cuidando de mí. Ella se interesó por el negocio que teníamos en mente y dijo que llevaba un tiempo reuniendo algo de dinero, bueno, lo que tenía ahorrado no era más que una miseria, pero tenía tantas ganas de trabajar. Hablé con Roberto y me dijo que podríamos incluirla como socia, lógicamente no era más que una cría, y en principio no tendría poder de decisión. Para cuando tuve el suficiente valor para pensarlo en serio, para plantearme incluir a una tercera persona que acababa de conocer en la mayor ilusión de mi vida... ya me había enamorado locamente de ella. Por supuesto aceptó, pasábamos la mayor parte del día juntos, se hizo gran amiga de Roberto... al poco nos estábamos casando. Y aunque el tiempo nos demostró que no estábamos hechos el uno para el otro, encontré en ella a una aliada, mi mejor amiga... —Suspiró de nuevo.

—¿Sabes por qué Vanessa se fue a vivir a San Antonio?

—Sí, ella me contó que era feliz aquí en Santa Catalina, que adoraba este lugar. Por eso compramos esta casa, cuando económicamente tuvimos la ocasión. Veníamos mucho a pasar los fines de semana, visitábamos a sus padres y a su hermana, por la que Vanessa sentía auténtica locura. Vanessa me contó que tenía una especie de novio aquí, conocía al chico sólo de unas pocas semanas. Ella me dijo que él tenía algo que la enganchaba, que era un gran seductor, simpático, atento, fue el primero con el que hizo el amor... eso ocurrió a los pocos días de conocerlo. Me dijo que ocurrió algo, que él le daba miedo y que no quería verlo más, pero que era incapaz de decírselo, que él siempre conseguía darle la vuelta a todo, se sentía atraída y caía de nuevo en su cama. Era algo en sus ojos lo que le daba pánico, nunca me dijo qué exactamente. Sólo sé que un día cogió sus cosas y se marchó lejos, donde él no pudiera seguir haciendo que ella actuara de esa forma, completamente dependiente de la voluntad de un chico que acababa de conocer.

—¿Sabes su nombre?

—No, si me lo dijo alguna vez, ya no lo recuerdo. Tampoco vi nunca una foto suya, ellos estuvieron muy poco tiempo juntos, no hubo ocasión de hacerse fotos.

—Dame un minuto. —Agarré mi teléfono móvil y marqué el número de Jordi.

—Hola, ¿qué ocurre? ¿Está todo bien? —contestó un somnoliento Jordi, miré el reloj, ya era cerca de media noche.

—Oh, disculpa Jordi. No me había dado cuenta de que era tan tarde. Espero no haberte despertado.

—Tranquila, acabo de acostarme hace un rato.

—¿Qué tal Meritxell?

—La dejé en el aeropuerto a eso de las seis, no me dejó entrar con ella. Se empeñó en que me fuera, que ella se las apañaría, que no tendría problemas para conseguir un vuelo. Así que me fui, no quise incomodarla.

—Entiendo. Iba a llamarla, pero se me ha hecho muy tarde. Mañana intentaré localizarla a ver qué tal se encuentra.

—Creo que ella necesita descansar un poco de todo esto, la agobia mucho este caso.

—Lo sé...

—Bueno, tengo mucho sueño, hablamos mañana.

—Espera, no te llamaba por Meritxell. Necesito que me dejes el número de teléfono de Julia, la hermana de Vanessa, me gustaría hacerle unas preguntas.

Jordi tardó unos segundos en responder.

—Dame un momento. —Un par de minutos después me dio el teléfono y colgó la llamada.

Era un poco tarde, pero quería arriesgarme, no era más que una cría de diecinueve años, seguro que un sábado por la noche no estaba durmiendo. Intenté llamar pero no contestaba. Lo intenté una vez más y al tercer tono contestó.

—Hola, ¿eres Julia Meyer?

—Sí, soy yo.

—Soy Ariadna Betancor...

—¿Eres otra poli? Me tenéis un poco harta. ¡Podéis dejarme descansar!

—No soy policía Julia, pero sí intento averiguar qué le pasó a tu hermana.

—¡Que un estúpido psicópata no tenía con quien jugar y la mató!

—No creo que sea tan sencillo. —Gonzalo me hizo señas para que le pasara el teléfono—. Julia, tengo a alguien aquí que quiere hablar contigo, te lo paso.

Gonzalo cogió el aparato y salió fuera de la casa, estuvo hablando más de una hora, en ocasiones lo escuchaba llorar. Me sentía deprimida, no podía consolarlo, no podía hacer nada para ayudar a que se fuera su dolor. Abrí la despensa y cogí una gran tableta de chocolate con leche rellena de almendras y me di un atracón, hasta que Gonzalo volvió a entrar a la casa y me tendió el teléfono.

—Te escuchará —me dijo.

—¿Julia?

—Intentaré ayudar en todo lo que pueda, pero no sé qué puedo hacer yo —dijo, aclarándose la voz.

—Siento que todo esto esté resultando tan duro, eres muy joven, es difícil de afrontar.

—¿Qué quieres saber?

—¿Sabes cómo se llamaba el chico con el que tu hermana salía antes de mudarse a San Antonio?

—Uf, creo que eso es prácticamente imposible, no lo recuerdo. Sé que era un chico un poco mayor que ella, quizás cuatro o cinco años. Rubio, ojos azules. —Tomé el primer papel que encontré y escribí—. Él la seguía por todas partes y un día se presentó. Al poco tiempo mi hermana decidió irse.

—¿Podrías ponerme en contacto con algunas amistades de tu hermana de esa época que pudieran haber visto al chico alguna vez?

—Bueno, eso no será difícil. Como le digo, ese chico la seguía a todas partes.

Julia me facilitó cinco nombres de chicas con sus respectivos números de teléfono móvil.

—Eran sus mejores amigas, no se separaban nunca. Hacían las mismas actividades, estudiaban juntas, corrían juntas... quizás alguna de ella sepa más que yo.

—Muchas gracias por tu ayuda, Julia. Siento haberte importunado a estas horas.

—No te preocupes... por favor, cuida de Gonzalo.

—Lo haré.

Para cuando colgué la llamada, Gonzalo ya no estaba en el salón. Subí hasta mi dormitorio y allí estaba, tumbado, medio dormido.

—Todo esto me agota. —Intuí que había estado llorando.

Me quité la ropa y me puse una camiseta, colándome a su lado, lo abracé toda la noche, mientras dormíamos.

Capítulo 38

Meritxell

Desperté, por fin podía moverme perfectamente... ¿habría sido todo una pesadilla? Me levanté de la cama, estaba desnuda y todo muy oscuro, no lograba ver nada. Fui palpando a mi alrededor, hasta llegar a la pared, en busca de un interruptor, tardé un buen rato en dar con uno.

La estancia donde estaba era enorme, pero no la había visto en mi vida. No parecía un hotel. Era una habitación con una decoración demasiado bonita y cuidada. Olía muy bien... ¿dónde diantres me encontraba?

Busqué por la habitación mi ropa, y logré dar con mi maleta, la ropa no estaba dentro. Abrí el armario de color blanco que ocupaba tres metros de pared y ahí estaba, perfectamente colocada. Me puse la ropa interior, y al mirar hacia abajo, vi en mi hombro derecho lo que había estado palpitando hacía rato... ¡Oh, Dios!

Se me cayó de las manos el sujetador que tenía agarrado.

—¡Joder! ¡Pero esto qué mierda es!

Me acerqué a un espejo que había cerca del armario y miré, rezando para que aquello no fuera lo que parecía desde arriba. Pude distinguir claramente un mordisco, la sangre alrededor ya estaba seca.

—¡No! ¡No puede ser!

Cogí el sujetador e intenté ponérmelo, pero el dolor en el hombro era incompatible con las tiras de aquella prenda. Cogí una camiseta y unos vaqueros del ropero, me puse unas bailarinas. Mientras, intentaba pensar qué había ocurrido, cómo había llegado hasta allí. ¡No recordaba nada! Mi última imagen éramos Jordi y yo en la cama de la casa en Santa Catalina.

Busqué mi bolso por todas partes, intentaba localizar mi teléfono móvil, pero allí no estaba. Había un profundo silencio fuera. La habitación no tenía ninguna ventana al exterior, así que no sabía si era de día o de noche. Busqué algo con lo que poder defenderme de un atacante, pero allí no había nada que sirviera para tal fin.

Estaba temblando.

—¡Mierda! ¡Mierda! ¡Piensa! ¿Cómo has llegado hasta aquí?

Caí en la cuenta de que sentía un escozor terrible en mis partes... oh, Dios, espero que esto sea por el sexo que había tenido con Jordi, ¿hace cuánto? Lo ignoraba... ¿cuánto tiempo llevaba aquí?

Giré el pomo de la puerta para salir de aquella habitación. Contuve la respiración, tenía miedo de que estuviera cerrada con llave, pero no lo estaba. Había una especie de pasillo que estaba tan oscuro como lo había estado la habitación minutos antes, no parecía haber luz en ninguna dependencia cercana. Pude ver un interruptor cerca y lo pulsé, en aquel pasillo tampoco había ninguna ventana al exterior.

Caminé despacio, en la habitación de al lado había un baño, era la única puerta que estaba abierta, las otras dos que había en el mismo pasillo estaban cerradas y yo prefería no tentar a la suerte para saber qué había detrás.

Según pasaba el tiempo mi cuerpo se iba desentumeciendo, como despertando de algún tipo de droga. Me dolía aún más el hombro y la entrepierna, tenía que salir de allí.

Anduve despacio, sin hacer ruido, hasta llegar a una especie de salón enorme. Encendí la luz, había una ventana y vi que fuera estaba completamente negro. Intenté asomarme y me di cuenta que la ventana tenía una reja, y que no se veía absolutamente nada alrededor de la casa, no había ni una sola luz cercana y no podía distinguir dónde estaba. Vi lo que parecía la puerta de salida, tiré de ella, pero estaba cerrada. Pude distinguir cuatro cerraduras de seguridad. El pánico se estaba apoderando de mí… ¿por qué no despertaba de una vez de esta jodida pesadilla?

Capítulo 39

Ariadna

Dejé que Gonzalo siguiera durmiendo y me di una ducha rápida. Pronto estaba sobre su moto.

Era domingo, muy temprano aún, el reloj apenas acababa de dar las ocho. Paré en la primera cafetería que vi, me pedí un café y un sándwich mientras abría mi portátil. Miré de nuevo el reloj, pensé de nuevo en llamar a Meritxell, pero era muy temprano, dejaría que descansara, sabía que lo necesitaba.

Tomé todas las notas que tenía e intenté darle forma en un Word, escribí todo lo que había averiguado en la última semana, todo lo que nos habían dicho en la comisaría y toda la información que tenía sobre aquel psicópata. Leí unas tres veces todo el texto y se me iban ocurriendo cosas que añadir que se me había olvidado anotar. Guardé el texto y lo envié al correo de Meritxell, con copia al mío propio de *Maze News* y al de Miguel.

El camarero pasó a mi lado.

—¿No le ha gustado el desayuno?

Miré el plato intacto al lado de mi portátil y el café que tenía pinta de estar completamente congelado.

—Oh, disculpe. —Miré la hora, eran cerca de las nueve y media—. Estaba entretenida y lo olvidé. ¿Podría calentarme un poco el café?

—Le traeré uno nuevo.

El camarero lo cogió y a los pocos minutos apareció con una taza humeante.

—Muchas gracias, es usted muy amable.

El chico sonrió.

Aparté el portátil y tomé el desayuno. Aquel sándwich estaba muy bueno, a pesar de haberse quedado frío. Cuando terminé, el camarero se acercó a retirar la vajilla sucia.

—¿Quiere algo más?

—Sí, gracias. Una botella de agua muy fría estaría bien. ¿Puedo quedarme aquí un rato más?

—Todo el tiempo que necesite.

—Gracias.

El camarero se alejó y al poco rato me trajo la botella y un vaso. Di un largo trago y me sentí un poco más despejada. Agarré el bolso y saqué de mi agenda el papel donde había apuntado los nombres y teléfonos de las cinco amigas de Vanessa.

Ya era una hora más decente, decidí llamar a la primera de la lista.

Al segundo tono, contestaron el teléfono.

—¿Hablo con Patricia Ruiz?

—Sí —dijo una extrañada voz al otro lado—, ¿quién es?

—Soy Ariadna Betancor, estamos investigando la muerte de Vanessa Meyer. ¿Ella era amiga suya?

—Sí, éramos muy buenas amigas.

—¿Puede dedicarme un minuto de su tiempo?

—No sé en qué puedo ayudarla yo, pero sin duda, si hay algo que pueda aportarle, estaré encantada de hacerlo.

—¿Sabe cuál fue el motivo de que Vanessa se mudara a San Antonio?

—No lo sé… estaba muy rara y no quiso hablar del tema. Decía que lo había decidido así.

—¿No tuvo nada que ver con una especie de acosador?

—¿Acosador? Bueno, había un chico que la seguía, pero no sé… no parecía un acosador. Era sólo un chico tímido que no sabía cómo hacer para conocerla.

—Pero al final tuvo la ocasión, ¿no?

—Sí, un día se acercó a ella. Yo estaba allí y se presentó. Le dijo si podía invitarla a un café.

—¿Cómo se llamaba el chico?

—No estoy segura, ha pasado mucho tiempo. Pero recuerdo haber visto a ese chico por nuestra facultad algún tiempo antes de que conociera a Vanessa, y también estuvo como un año más. Supongo que después se licenció.

—¿Qué facultad?

—Bueno, Vanessa, Judith, Carolina y yo decidimos probar suerte en Periodismo. Pero la verdad es que no era lo nuestro, no sé por qué lo decidimos así. Al poco tiempo ya todas nos habíamos aburrido y lo habíamos dejado.

—¿Y cómo sabes que el chico seguía yendo a la facultad incluso un año después de que Vanessa se mudara?

—Porque yo me cambié de carrera, decidí irme a Publicidad, pero mi marido seguía yendo a Periodismo. Conocí a Carlos la primera semana e hicimos buenas migas, con el tiempo se convirtió en mi novio... ahora es mi marido. Cuando iba a buscarlo a la facultad muchas veces veía a aquel chico. No es alguien a quien olvides fácilmente.

—¿Qué quieres decir?

—Bueno... ese chico era muy atractivo. Rubio, tenía un cabello bien cuidado, con ojos claros, azules creo. Tenía la piel suave, no recuerdo haber visto rastro de nada parecido a una barba. Pasaba muchas horas en la facultad, pero seguro que no le faltaba tiempo para ir al gimnasio... sus brazos se veían apretados en esas camisetas que se ponía. No era un chico del montón, eso seguro.

—Debía de estar rodeado de un montón de chicas guapas.

—Eso es lo curioso, más bien parecía un tipo solitario. Hablaba y saludaba a mucha gente, y cuando se cruzaba con alguien sonreía... su sonrisa tampoco es de esas que puedas borrar de tu cabeza. Pero luego casi siempre andaba solo por los pasillos y lo veía irse solo a pie hasta su casa.

—¿Sabes dónde vivía?

—No exactamente. Sé que no era cerca, siempre pasaba la biblioteca municipal y el parque George Ranch y seguía caminando, supongo que no sería mucho más lejos, pero no sé decirle exactamente dónde.

—¿Hablaste alguna vez con él?

—Alguna vez, cuando se acercó a Vanessa me saludó, pero a eso no se le puede decir que fuera una conversación.

—¿Hay algo que te llamara especialmente la atención en él?

—Todo —rio—, ya le he dicho que era realmente guapo.

—¿Lo has visto alguna vez más por Santa Catalina después de la facultad?

—No, como le digo, durante el año siguiente lo vi asiduamente por el campus, pero luego se fue. Nunca más lo vi.

—¿Podrías hacerme un favor?

—Sí, por supuesto.

—¿Podrías intentar hablar con alguna de tus amigas? Julia, la hermana de Vanessa me ha dado varios nombres: Judith, Carolina, Rosana y Luna...

—Ah sí —me interrumpió—. Somos todas las del grupo, suelo verlas a menudo, excepto a Luna que se ha mudado a Carolina del Norte.

—Te agradecería que hablaras con ellas e intentaran recordar más sobre aquel chico. Un nombre sería estupendo. Si recuerdas algo más, por insignificante que sea, llámame. Es muy importante para el caso.

—¿Por qué es tan importante alguien que conoció hace seis años?

—No puedo hablarte sobre esta investigación, pero sí puedo decirte que estamos casi seguros de que la persona que la asesinó la conocía.

Colgué el teléfono frustrada, no tenía nada. El camarero pasaba a mi lado.

—Disculpe, ¿puede traerme la cuenta?

—Sí, claro.

A los pocos segundos tenía el ticket en mi mesa.

—¿Sabe usted dónde se encuentra el parque George Ranch? —le pregunté al camarero antes de que se llevara el dinero de la cuenta.

—Sí. Está hacia el noroeste, a la otra punta de la ciudad, pasando la biblioteca.

—Gracias. —Le sonreí como si lo hubiera entendido. No había visto más que algunas calles de aquella ciudad.

Antes de apagar el portátil entré en *Google maps*, intenté memorizar el camino hasta el parque. Telefoneé al inspector Cardona.

—Inspector, ¿sería posible conseguir que la Facultad de Periodismo nos entregue una lista del alumnado que tenía en el último curso en el año 2005?

—¿Todo el alumnado de último curso? ¿En 2005?

—Sí, sería de mucha utilidad poder conseguir fotos, no sé aquí, pero en San Antonio nos hacían un carné inteligente, con foto digitalizada. Quizás aquí hicieran lo mismo y por algún tipo de milagro conservasen toda esa información después de seis años.

—¿Qué buscamos exactamente?

—Vanessa Meyer, la última víctima de San Antonio, vivió aquí durante un tiempo. Gonzalo me ha dicho que se fue huyendo de una especie de novio que le daba un poco de miedo y no sabía cómo dejar. He hablado con su hermana y su mejor amiga, y ninguna sabe su nombre. Pero su amiga me ha dicho que lo vio en la facultad de Periodismo hasta un año después de que Vanessa se fuera. Era algo mayor que ellas, así que supone que simplemente se licenció y se marchó de Santa Catalina.

—Veré qué puedo hacer.

Subí a la moto y decidí ir hasta allí, no tenía nada, ni un nombre, ni una dirección, pero tampoco iba a perder nada por saber un poco más. Estuve casi media hora dando vueltas, mi sentido de la orientación no era muy bueno y sentía que estaba perdiendo el tiempo. Pero sabía qué podía hacer.

Di la vuelta con la moto y me dirigí a casa de Rita Velázquez.

*

—¿El parque George Ranch? —preguntó algo asustada.

—Sí Rita, necesito dar una vuelta por esa zona.

—No he vuelto ahí desde que… desde que me violaron.

—Pero… pensé que te había ocurrido en Garden Street.

—No, eso fue a Noelia. A mí me ocurrió en George Ranch. No importa, si puede ayudar en todo esto, vamos allá.

Dejé la moto de Gonzalo en el garaje de Rita y fui con ella en su coche. Después de cuarenta minutos llegamos a una zona menos urbanizada, con más jardines y mucho verde alrededor.

—Al final de esta calle se encuentra la biblioteca municipal y detrás está el parque.

Pasamos el parque y por ahí no había mucho, como máximo unas diez casas aisladas.

—Siempre me gustó esta zona —dijo Rita—, rodeada de árboles, cerca de la ciudad, pero sin todos esos coches circulando cerca. Si de pequeña me hubieras preguntado dónde quería vivir de mayor, te hubiera contestado sin dudar, en la zona de George Ranch. Siempre me parecieron casas de cuento. Ahora ya no podría vivir aquí, me da escalofríos.

—¿Podrías conseguir en el ayuntamiento los nombres de los propietarios de estas casas? Realmente necesitamos saber quién vivía por aquí hace como unos cinco o seis años, así que es importante saber si alguna se ha vendido.

—No lo sé… lo intentaré mañana a primera hora.

Cogí la moto y fui hasta el hotel donde se hospedaban Miguel y Jordi, acababa de recibir un mensaje para vernos y comer juntos en veinte minutos. Cuando llegué ellos ya estaban en la mesa, tomando una copa de vino mientras me esperaban.

—¿Dónde has estado? —me preguntó Miguel.

—Ayer por la tarde me la tomé libre. Necesitaba un respiro y no quería dejar a Gonzalo solo. Hoy he estado intentando investigar un poco más sobre Vanessa Meyer.

—Dentro de una hora el agente Alexander ha quedado con los padres de Bibiana Cárdenes en la comisaría. Nos han invitado a ver la entrevista, desde la otra sala por supuesto.

—Perfecto —dije.

—Si no les importa yo no iré, tengo que salir de la ciudad a hacer unas gestiones. Mañana por la tarde estaré de vuelta.

Miguel asintió y yo lo miré desconfiada, esperaba que no saliera corriendo a San Antonio para encontrarse con Meritxell, tenía que dejarla en paz para que ella pudiera ver la locura de esa aventura que no tenía sentido.

—¿Habéis hablado con Meritxell? —pregunté.

—Anoche lo intenté pero el móvil estaba apagado. Supongo que ya dormía —dijo Miguel—, dejémosla descansar un par de días. Preparad todo el material que podáis y enviádselo para que ella pueda trabajar. Ariadna, se me olvidaba comentarte. Antes he hablado con el agente Rojas, han localizado la situación de Elena Morales.

—¿Está viva? ¿Está bien?

—No pudieron hablar con ella, está interna en un centro de drogodependencia en una ciudad a la otra punta del estado. Lleva unos dos meses ingresada, y aún está en periodo de desintoxicación, no le permiten contacto con el exterior.

—Pero, ¿no les explicaron lo importante que era para el caso?

—Sí, pero nos han pedido una orden judicial, es su política, no podemos hacer nada hasta que consigan la orden. Al menos sabemos que está viva.

Capítulo 40

Meritxell

Anduve por toda la casa, no había absolutamente nadie allí más que yo. Busqué con la esperanza de encontrar unas llaves, aunque dudaba que mi secuestrador fuera tan estúpido.

Abrí las puertas que estaban en el pasillo, allí sólo había un dormitorio muy parecido a aquel en el que me encontraba al despertar, sin ventanas, cuyo armario, cómoda y mesas de noche estaban completamente vacíos, y en la contigua había una especie de despacho, pero el armario y los cajones del escritorio estaban cerrados con llave y los di por imposibles de abrir tras un buen rato forcejeando con ellos.

Fui en busca de la cocina. En la nevera sólo había una botella de agua y los cajones estaban desiertos... no había nada con lo que poder escudarme. Estaba perdida, era el final.

Quería hablar con Víctor, poder despedirme de él. Fui hasta la habitación donde había estado acostada y rebusqué por todas partes mi bolso, pero no lo encontré. Mi agenda estaba en la maleta, así que la saqué, la abrí por la mitad y escribí: «No sé quién me ha hecho esto, no sé quién va a matarme, no sé dónde estoy. Por favor, haced que yo sea la última víctima de este psicópata. Víctor, te quiero con toda mi alma».

Para cuando cerré la agenda ya estaba llorando, me senté en el suelo a esperar... ¿Cuánto tardaría en matarme? ¿Iba a dolerme? ¿Pensaba violarme de nuevo? A estas alturas, por el intenso dolor, ya estaba segura de que me había violado anteriormente.

Pasó algo de tiempo, no sé decir cuánto ya que estaba concentrada en recordar todas esas oraciones que me habían enseñado las monjas en la escuela. Recé, era realista, no iba a salir viva, sólo recé para que terminara pronto. Sentí abrirse la puerta de la entrada y empecé a temblar, tenía mucho miedo, pensé en esconderme, pero era estúpido. A los pocos minutos alguien entraba en la habitación.

—¿Jordi? —Sonreí—. ¿Cómo me has encontrado? —Me levanté rápidamente del suelo, tardé una milésima de segundo, justo el tiempo necesario para darme cuenta. Jordi no decía nada, en sus ojos había una expresión extraña, como un vacío... no era mi amigo, mi amante... era otra persona.

—¿Ya te has despertado? —Su voz tampoco parecía la misma.

No sabía responder, estaba buscando en mi mente una excusa. Quizás me encontré mal y me trajo a algún sitio, quizás no me había secuestrado, quizás vine con él voluntariamente y ahora no lo recuerdo... pero entonces, como si quisiera hacerme comprender, la herida del mordisco de mi hombro me dio una punzada de dolor.

Me derrumbé al suelo y lloré.

Él me agarró y me puso en pie, me llevó hasta la cama.

—Por favor, déjame ir, quiero irme a casa.

Pero él no me contestaba. Intenté forcejear, pero me sentía débil y nada tenía que hacer contra él. Las lágrimas no dejaban de bañar mis mejillas y no tenía fuerzas siquiera para rogar.

Me tendió en la cama y me quitó toda la ropa. Se acercó a besarme y sentí náuseas, quería vomitar... no entendía nada. Jordi sacó de su bolsillo trasero del pantalón una cuerda y me ató las manos, por encima de mí, al cabecero de la cama, justo al lado había un interruptor que yo no había visto hasta ahora y apagó la luz. Comencé a temblar de nuevo.

—Por favor, hazlo ya, no quiero esperar más.

—Schssst.

Jordi se acercó y besó mi cuello, llegando hasta mí el olor de las pesadillas, se colocó encima y en un momento me había penetrado, con más dolor del que había sentido en toda mi vida... lo hizo una vez, y luego otra, luego una última vez... ¿cuánto tiempo había estado encima de mí? Lo ignoraba, no podía parar de llorar, me escocía todo el cuerpo y sabía que aquello no había hecho más que empezar.

Estuvo un rato tendido a mi lado sin decir nada y de pronto se colocó encima de mí de rodillas, con mis piernas entre las suyas, para agarrarlas con fuerza, supuse. Apoyó sus manos en mis muslos y su boca aterrizó en mi cintura, donde sus dientes se clavaron fuertemente. Intenté contener el grito que asomaba a mi garganta, tenía que conservar todas mis fuerzas por si tenía alguna ocasión de escapar, pero el dolor era tan grande... Jordi era muy fuerte, no podía moverme ni un ápice y finalmente el grito salió.

Capítulo 41

Ariadna

Al otro lado del espejo había un hombre y una mujer de unos sesenta y cinco años cada uno aproximadamente. Ambos tenían el pelo canoso y una triste expresión en el rostro.

—Bibiana vino a pasar una temporada con su tía Zaida a Santa Catalina, su padre y yo estábamos pasando por un mal momento económico, nos había surgido un imprevisto y ambos teníamos dos trabajos para poder pagar una gran deuda que nos vino sin comerlo ni beberlo. Bibiana estaba muy rebelde y yo no podía controlarla, no quería estudiar, estaba todo el día fuera y llegaba por la noche a la hora que le daba la gana. Así que mi hermana Zaida se ofreció para echarnos una mano. Ella es propietaria de un negocio de exportaciones y podía ponerla a echarle una mano en la oficina: sacar fotocopias, contestar llamadas, servir café... el trabajo que nadie quería. La intención es que al año siguiente volviera a casa y que por voluntad propia se pusiera a estudiar de nuevo. Y eso ocurrió, para sorpresa de todos. En julio del siguiente año me llamó por teléfono, me dijo que había madurado, que nos echaba de menos y que no quería seguir viviendo en Santa Catalina.

La madre de Bibiana relataba algo compungida, el padre estaba muy callado.

—¿Sabe si Bibiana tuvo algún tipo de relación con algún chico cuando estuvo aquí? —preguntó el agente Alexander.

—Pues, por desgracia, ella nunca nos contó nada. Cuando volvió parecía otra chica, tenía una expresión algo triste, y aunque le pregunté mil veces qué le pasaba, la respuesta siempre era la misma: nada. Incluso llegué a plantearme que a lo mejor mi hermana se había pasado con la mano dura, pero ella aseguraba que Zaida la había tratado muy bien, que la quería mucho, pero que su sitio estaba en casa con sus padres.

—¿Algún amigo o amiga con el que mantuviera el contacto?

—La verdad es que nunca telefoneó nadie que no fueran sus amigos habituales...

—Pero hace unos meses la vimos hablando con un chico, mucho mayor que ella, de unos veintitantos. Ella nos dijo que era tan sólo una persona que había conocido cuando vivía en Santa Catalina —interrumpió el señor Cárdenes, padre de la víctima.

—¿Y dónde pudo conocer a alguien mayor?

—No nos contó nada. —Esta vez continuó hablando la madre y él pareció quedarse mudo de nuevo.

—¿Podrían describirme al chico?

—Un guaperas, veintitantos. Rubio, ojos claros. Aspecto fuerte.

—¿Cuándo fue eso?

—Como dos o tres días antes de que la encontraran... muerta.

—¿Podría facilitarnos la dirección de su hermana?

La mujer escribió algo en un papel y se lo dio al agente Alexander.

Miguel y yo mirábamos tras el cristal.

—Es el mismo capullo —le dije a Miguel—, en todos lados que he buscado hay una misma descripción. Necesitamos los listados de universitarios y los dueños de las casas que están pasando el parque George Ranch. Si hay alguna coincidencia, estaremos más cerca de él.

—Lo sé, hoy es domingo. La policía está intentando averiguar algo, pero creo que igualmente será más rápido la información que Rita nos pueda conseguir mañana.

—¡No podemos esperar más!

A los pocos minutos el agente Alexander entró a la sala contigua, donde estábamos Miguel y yo.

—Voy a ir a casa de la tía de Bibiana, ¿queréis venir?

Como única contestación nos levantamos deprisa y agarré mi bolso.

Unos quince minutos después estábamos en la puerta de un edificio, el agente Alexander tocó un par de veces en el portero automático.

Zaida nos dejó pasar a su piso y nos ofreció un poco de café, que aceptamos gustosos.

—¿Cómo puede definir la estancia de Bibiana en Santa Catalina?

—Al principio estaba un poco rebelde, pero pronto empezó a trabajar en la oficina y yo pensé que estaba perdida, que mi hermana me odiaría de por vida. Para sorpresa de todos le encantaba el trabajo, era muy amable al teléfono, sonreía todo el tiempo y parecía mayor. Vestía muy guapa cada día y muchas veces era ella la que me sacaba de la cama diciéndome que íbamos a llegar tarde. Pensé que nunca más iba a querer volver a su casa. Parecía muy feliz.

—¿Por qué cambió de opinión?

—A finales de la primavera la encontraba algo triste, no sabía por qué e intenté hablar con ella un par de veces, pero era muy cerrada de mollera. No me contó nada. Un día me dijo que echaba de menos a sus padres, que iba a volver a casa y que iba a ponerse a estudiar. Y así lo hizo, en julio volvió a casa.

—¿Sabe usted si aquí conoció a alguien? ¿Si tuvo un amigo especial, un novio...?

—Tenía algunos amigos, no podía controlarla todo el tiempo. Cuando volvía del trabajo se quitaba toda esa ropa de adulta, se ponía unos vaqueros y un top y salía casi cada tarde. Los fines de semana llegaba muy tarde, pero estaba haciendo un gran trabajo, y me llamaba un montón de veces para que no me preocupase, así que no lo hice. Estaba madurando mucho, ya no protestaba todo el tiempo, ni vagueaba todo el día.

—¿Sabría decirme el nombre de alguno de sus amigos?

—Había un par de chicas de la oficina con las que solía salir el fin de semana, Mónica Aguado y Samanta Vaquero. Eran mayores que ella, quizás en aquella época tenían alrededor de veinte años, pero parecían llevarse bien.

—¿Y algún chico?

—Había uno que vino a buscarla un par de veces al trabajo, no me gustaba porque era mayor que ella, pero no parecía un mal tipo.

—¿Sabe su nombre?

—No, pero seguro que Mónica o Samanta sí lo saben, como les digo solían quedar los fines de semana para salir juntas. Ambas siguen trabajando para mí en la oficina.

Sonó mi móvil y me disculpé antes de salir de la sala a contestar.

—¿Ariadna?

—Sí, soy yo.

—Soy Patricia Ruiz, la amiga de Vanessa. Me pidió que si encontrábamos algún dato más sobre aquel chico, la llamara.

—Continúa.

—Las chicas apenas sabían lo mismo que yo, siempre estábamos juntas, y dudaba que hubiera algo que ellas recordaran y yo no. Pero comentándolo con Carlos, mi marido... él sabe quién es ese chico. Además, dice que lo ha visto hace unos días cerca de la biblioteca. En cuanto le he dicho que era el chico que seguía a todas partes a Vanessa, me ha dicho: «Ah, sí, Jordi».

—¿Has dicho Jordi?

—Sí, dice que no sabe su apellido. Jordi estaba un curso por delante de él y se conocieron en un par de seminarios. Luego alguna vez que se encontraban por la calle se saludaban, como le he dicho, ese tipo era algo solitario, muy amable con todo el mundo, pero siempre iba solo.

—¿En qué año se licenció su marido?

—En 2006.

—Es decir, que Jordi tuvo que licenciarse un año antes, en 2005.

—Eso dice Carlos.

—¿Su marido no sabrá dónde vivía?

—No, sabe lo mismo que yo, que iba caminando a su casa cada día y que estaba pasando el parque que está tras la biblioteca, pero no sabe más.

—¿Podría localizar a algún amigo de la facultad que lo conociera a ver si conseguimos un apellido?

—Lo intentaremos, si averiguo algo más la llamaré.

—Mil gracias.

Entré deprisa al salón.

—Tenemos un nombre... —Interrumpí la conversación del agente Alexander y Zaida—: Jordi.

—¿Jordi? —repitió Miguel.

—Lo siento, no recuerdan su apellido.

—¿Sabes cuántos Jordi puede haber viviendo en Santa Catalina? Esta es una ciudad grande.

—Pocos que estudiaran y se licenciaran en el año 2005 en la Facultad de Periodismo. —Se me puso la piel de gallina al oír el nombre de nuestro propio compañero—. Y aun si hubiera coincidencias, pocos vivirían en aquella época en una de las diez casas que están pasando el parque George Ranch.

—Lo tenemos —dijo el agente Alexander.

Capítulo 42

Meritxell

Jordi no se había ido de mi lado, no decía nada, no sabía si estaba despierto ya que no podía ver.

—Tengo frío.

Se levantó de la cama, encendió la luz y buscó en el armario una manta, que me pasó por encima. Lo miré a la cara y vi sangre en su barbilla, mi sangre, pensé.

—¿Cuándo vas a matarme?

No respondió y volvió a tenderse a mi lado, esta vez con la luz encendida. Aquel olor... lo odiaba...

—Me pregunto cómo pudiste soñar con todo esto antes de que ocurriera.

—Sólo espero que esto sea otra horrible pesadilla y me despierte en mi cama.

Jordi no respondió, estaba tumbado de costado, mirándome a la cara. Pasó la mano por debajo de la manta y la coló entre mis piernas. Aunque creí que mis ojos se habían secado, no era así, se me escaparon de nuevo las lágrimas y giré la cabeza al otro lado para no verlo.

—¿Ya no te gusta?

—No —susurré entre sollozos—. ¿Por qué lo haces?

—Porque te quiero.

—No te entiendo, Jordi.

—¡Joder! ¡No lo sé, Meritxell!

—¿Por qué matarlas?

—Porque era lo que ellas querían. Me lo pedían, como acabas de hacerlo tú.

—¿Yurena también te lo pidió?

—¡Esa puta! No, eso fue un regalo.

—¿Por qué no la violaste?

—¿No lo sabes?

—No.

—Porque te quiero, porque contigo tengo todo lo que necesito. Ahora calla y disfruta. —Seguía toqueteando mi sexo, yo sólo sentía un dolor cada vez más agudo.

—Me haces daño.

—Tú me hiciste daño a mí.

—Yo no te he hecho nada, Jordi.

—¡Sí! ¡Querías irte con Víctor! ¡Querías dejarme tirado! —dijo dando un fuerte golpe con el puño en el cabecero de la cama.

Cerré la boca y miré hacia otro lado. Jordi volvió a colocarse encima de mí y me violó una vez más. Justo cuando se estaba corriendo me hincó los dientes en el cuello, en el lado izquierdo, haciéndome chillar de dolor de nuevo. Volvió a colocarse a mi lado.

—¿Por qué muerdes? —pregunté susurrando entre sollozos, una vez se hubo calmado un poco el dolor. No quería enfadarlo más, pero no lo entendía.

—Porque eres mía.

Cerré los ojos rezando para que cogiera la almohada de una vez y me asfixiara. No iba a poner resistencia, quería que terminara ya, pero él parecía entretenido.

—Tengo que irme, dentro de poco va a amanecer y tengo que hacer algunas cosas.

—¿Puedo hacerte una pregunta más?

—Sí.

—¿Por qué volviste a San Antonio a buscar a las chicas que ya habías violado?

—Porque quería enseñarles lo que había aprendido. Porque quería que vieran que eran unas zorras que me habían despreciado, aunque yo las quise.

—¿Conocías a Marisol, Bibiana, Susana y Vanessa?

—Sí.

—Pero, y a Rita, Noelia, Yurena...

—No, ellas no me habían prestado nunca atención. Yo había pasado muchas veces a su lado, pero nunca me quisieron. Ahora tengo que arreglarlo todo. Volveré más tarde.

Jordi me dejó atada en la cama y se marchó. Lloré y lloré hasta quedarme dormida.

Capítulo 43

Ariadna

No había logrado pegar ojo en toda la noche, no hacía más que dar vueltas. Estaba poniendo nervioso a Gonzalo, que intentaba dormir a mi lado.

—Lo siento cielo, me voy abajo, no puedo dormir.

Abrí el portátil y tecleé todo lo que había averiguado durante la tarde, le envié un correo a Meritxell después de comprobar que ella no había respondido al e-mail anterior. Mañana por la mañana tenía que llamarla sin falta.

Intenté buscar algo en Internet, pero no sabía qué. Todo era inútil, estábamos estancados. Di vueltas y vueltas por el salón, tomé un chocolate y luego otro. Más tarde me preparé un sándwich. Subí hasta el baño y llené la bañera, estuve un buen rato dentro intentando relajarme.

Entré en la habitación a buscar algo de ropa. Gonzalo dormía profundamente. Me vestí rápido y bajé las escaleras.

Sonó mi móvil.

—Ariadna, soy Rita —creí entender entre sollozos.

—¿Rita? —Llanto—. ¿Rita, estás bien? —Más llanto—. Me estás asustando.

—Noelia está muerta.

—¡¿Qué?!

—He llamado hace un rato al inspector Cardona, mi marido logró pasar antes por el ayuntamiento y me ha conseguido la información que me pediste. Estaban como locos, tienen que estar a punto de telefonearte. —Consiguió tranquilizarse un poco.

—¿Cómo ha ocurrido?

—Se colaron en su casa.

—¡Es imposible! ¡Tenía protección policial!

—No sabemos cómo ha pasado, los policías dicen que no vieron entrar a nadie en el edificio. Cuando llegó su novio de trabajar la encontró en el salón, un navajazo a la altura del hígado, sólo un mordisco rociado con lejía, sin violación. Están investigando si pudo colarse por alguna ventana, por el balcón... incluso están interrogando a los vecinos y sacando muestras de ADN para corroborar que ninguno de ellos es el causante.

—¿Y Diego?

—El pequeño está bien. Está con Sergio.

—Es horrible.

—Lo sé, tengo miedo Ariadna, sólo quedo yo. Elena Morales está a salvo ingresada en esa clínica, así que vendrá a por mí, va a matarme, no sé cómo, ni cuándo, pero va a matarme.

—No, no lo hará. Hoy conseguiremos toda la información necesaria para atrapar a ese cabrón y lo encerraremos de por vida. —Rita lloraba desconsolada al otro lado.

—Pasaré a recogerte para darte los listados de los titulares propietarios de las diez casas que había tras el parque. Ya te adelanto que ninguno de ellos se llama Jordi.

En cuanto llegó Rita, le arrebaté la lista de las manos y la leí una y otra vez:

Amador Bello
Oriana Costa
Carlos Mesa
Víctor Montes
Sabrina Montes
Pablo Pérez
Tomás Ocampo
Susana Vargas
Serena Velázquez
Simón Zapatero

Cada nombre tenía debajo la dirección correspondiente. Agarré la lista y a Rita y fui hasta la comisaría. En cuanto vi al inspector Cardona, me acerqué a él.

—Inspector, ¿ha podido hablar con la facultad para lo que le pedí ayer?

—No he podido Ariadna, todo se ha complicado aún más. Aún no hemos terminado de estudiar el escenario del crimen donde encontramos a Yurena y ahora esto. No hemos parado de buscar rastros en casa de Noelia, ese tío ha saltado nuestra seguridad y se ha cargado a esa pobre chica, pero es imposible que no haya dejado nada atrás, tiene que haber algo y lo voy a encontrar.

—¡Inspector! ¡Necesito que haga lo que le pedí! Tengo una lista de nombres para comparar.

Saqué la lista de las direcciones y nombres.

—Está bien. —Cogió el teléfono y desapareció en su despacho. Cuando salió vino directamente hacia mí—. Dicen que es imposible que nos den nada antes de veinticuatro horas, que harán todo lo posible por ponerse a ello.

—¿No les ha insistido en que es muy importante?

—Sin una orden no puedo hacer nada, tengo que darle algo al juez aparte de un nombre de chico que era amigo de Vanessa, aun así voy a llamarlo ahora mismo, tengo buena amistad con él y a lo mejor puedo conseguir algo.

—Está bien.

Agarré a Rita del brazo y la arrastré fuera conmigo.

—Por favor, Rita, llévame a la facultad.

Llegamos allí y aquello era una locura, había exámenes finales y los chicos andaban por todos lados. Pedí hablar con el rector y a los pocos minutos salió un hombre de unos sesenta años, con cara de bonachón, que me hizo pasar a su despacho.

—Por favor señor, es muy importante, este asesino no se anda con chiquitas, tenemos que localizarlo. Acaba de matar a una chica de dieciocho años mientras su hijo dormía plácidamente en la cuna. Y dos policías hacían guardia en la puerta.

—¿Cómo están tan seguros de que tiene que ver con un alumno de este centro?

—No lo sé, porque aparece por todas partes en cada esquina, es una corazonada quizás. Necesito algo, nombres, fotos, direcciones.

—Sin una orden se me puede caer el pelo, señorita, entiéndame.

Rita estaba desencajada y no decía nada.

—¿Ve a esta chica? Es la última de su lista. Si no hacemos algo pronto, se las ingeniará para encontrarla.

Miré hacia un lado, ese hombre no podía ayudarme. Vi lo que parecían unos libros a la derecha en una estantería y se me encendió la bombilla.

—¿Eso son anuarios?

—Sí.

—¿Desde qué año los tiene?

—Pues creo que desde el ochenta y nueve hasta el curso pasado.

—¿Eso es algo público, no? Quiero decir que cualquier persona puede verlo sin incurrir en un delito.

Él asintió y se dirigió a la estantería buscando la promoción de 2005, que enseguida me tendió. Saqué la lista del bolso y se la tendí a Rita.

—Voy a leer todos los nombres de la promoción de 2005 que se licenciaron en Periodismo. Si encuentras coincidencias con alguno de la lista, avísame.

Leí durante un buen rato y apunté dos nombres cuyos apellidos coincidían con alguno de la lista, pero ninguno se llamaba Jordi, volteé la hoja una y otra vez y seguí leyendo, hasta que vi su foto. Ya no me hizo falta leer más, si no fuera porque estaba sentada, me hubiera caído al suelo en ese mismo instante.

—¿Se encuentra bien, señorita? —El rector se levantó y me acercó un vaso de agua.

—No puede ser... —dije, tratando de buscar una explicación.

Rita se asomó y vio la foto de mi compañero de trabajo, quedándose tan aturdida como yo.

—Rector, necesito que me deje este anuario, se lo devolveré.

Él asintió y yo agarré fuertemente a Rita, arrastrándola hasta su coche.

—Vamos a la comisaría, conduce lo más rápido que puedas.

Saqué el móvil y marqué el número de Jordi, que aparecía desconectado. Telefoneé a Meritxell, y también tenía el teléfono apagado.

—¡Oh! ¡Dios mío! —Una idea que me puso la piel de gallina pasó por mi cabeza.

Marqué el número de Víctor y recé para que me cogiera el teléfono, sabía que era un auténtico desastre para esos aparatos. Al segundo tono, descolgó.

—¿Víctor? Soy Ariadna.

—Ariadna, hola cielo. ¿Cómo está Meritxell? Hace días que la llamo y no hay forma de localizarla.

—¿Qué? —Me quedé completamente desencajada, sin saber qué decir. No podía ser, no quería creerlo.

—Que hace días que intento localizar a Meritxell.

—Disculpa Víctor, me llaman por la otra línea, tengo que cortar, luego te llamo.

Colgué el teléfono antes de que contestara, qué podía decirle, que creía que un psicópata la había... oh, Dios... Respiré ansiosa mientras mi corazón parecía a punto de salir de mi pecho.

Telefoneé a Miguel.

—¿Dónde estás?

—En la comisaría con los inspectores, ¿has logrado averiguar algo?

—Miguel, no te muevas de ahí, en menos de un minuto llego.

—¿Está todo bien?

—¡No!

Colgué la llamada y Rita ya estaba llegando a la entrada de la comisaría, aún no había parado el coche y yo ya había abierto la puerta del copiloto.

—¡No! ¡Ariadna! ¡No me dejes sola!

—Dios mío, Rita, deja el coche aquí mismo. Pagaré la multa y la grúa.

Subimos corriendo las escaleras y entré en la sala, donde estaban todos reunidos.

—¿Ariadna? ¿Se encuentra bien?

Puse el libro abierto en mitad de la mesa y puse un dedo encima de la foto de Jordi. Miguel fue el primero en verlo. Y ya no pude resistir más, lloré como una loca.

—Meritxell no ha llegado a casa, ese maldito cabrón tenía que llevarla al aeropuerto, pero Víctor dice que hace días que no logra hablar con ella. —Me miraron todos sobrecogidos—. ¡Dios mío! ¿Cómo vamos a encontrarla?

—Ariadna —dijo Rita—, tenemos la dirección de su casa. —Rita me enseñó el listado que acaban de darle en el ayuntamiento, como si de pronto lo hubiera recordado, y me señaló el nombre de Tomás Ocampo—. Me juego lo que quieras a que Tomás es su padre.

Capítulo 44

Mertixell

Me despertó el ruido de la puerta. Tenía mucho frío a pesar de que Jordi me había tapado con la manta antes de irse, me dolían las heridas causadas por los mordiscos, me escocían mis partes íntimas y los ojos y la garganta de tanto llorar.

—Estás horrible —dijo entrando en el dormitorio y acercándose a la cama. No le respondí—. Aguanta cielo, ya queda poco.

—¿Vas a matarme?

—¡Joder! ¡Deja de preguntarme eso! ¡Y deja de llorar de una vez, vas a volverme loco! ¿Tienes hambre?

Negué con la cabeza.

Jordi se sentó en el suelo, apoyado en la pared frente a mí, y se masajeó la sien como si le doliera mucho la cabeza. Estuvo ahí callado mucho tiempo, diría que más de una hora, hasta que empezó a hablar.

—Cuando era pequeño vivía en esta casa con mis padres. Esta era mi habitación. —Lo miré, no parecía su voz—. Mi padre murió cuando yo tenía seis años. Mi madre se volvió otra persona cuando ocurrió, bebía y se drogaba. Apenas dos años después traía a casa a todos los tíos que se encontraba por la calle, estaba todo el puto día follando con cualquiera que se interpusiera en su camino. Alguna vez también vino alguna mujer que se llevó a su dormitorio a hacer quién sabe qué. No creo que tuviera más de diez años cuando uno de esos hijos de puta que ella se traía a casa entró en mi dormitorio en mitad de la noche, borracho como una cuba, drogado quizás. Mi madre dormía, o estaba drogada también, no lo sé. Él me obligó a desnudarme, enseñándome un cuchillo que supuse había cogido de nuestra cocina y me dijo que nos íbamos a divertir, me penetró fuertemente por el culo, desgarrándome y haciéndome sentir un dolor tan fuerte que ni siquiera te puedes llegar a imaginar. Tenía sus manos agarrotadas en mis hombros, lloraba y gritaba sin parar hasta que pude girarme y morderlo muy, muy fuerte en uno de sus brazos. Sentía su sangre brotar pero no solté, empezó a darme puñetazos en el costado, pero aun así apreté más, mordí más y más fuerte hasta casi quedarme con un trozo de su carne en mi boca. Mi madre entró en la habitación, el tío me soltó corriendo y sacó su polla de mí... pensé que mi madre por una vez en su vida iba a ayudarme, pero en lugar de eso me dio una paliza brutal, me gritaba: ¿Por qué? ¿Por qué lo has hecho? ¡Él me gustaba! Me dejó encerrado en esta habitación, ni siquiera se dignó a dejarme ir al baño, tenía que mear y cagar en una esquina del cuarto. De vez en cuando me tiraba un bocadillo y una botella de agua. Sentía que seguía trayendo hombres a casa, oía cómo se los follaba, y yo estaba aquí encerrado. No sé cuánto tiempo pasó, semanas o meses quizás, no lo sé... aquí no hay ventanas, es difícil saber cuándo es de día y cuándo de noche. Un día me dejó salir, yo ya estaba corrupto por el odio. Me duché y me dio un plato de comida caliente, me dijo que nos íbamos de viaje. Cogimos un avión hasta Indiana a casa del hermano de mi padre, Óscar, donde me dejó tirado en la puerta y se largó. Allí viví hasta cumplir los diecisiete, nada supe de mi madre en esos siete años, ella no tenía familia ni nadie a quien yo pudiera dirigirme para saber de ella. Le dije a mi tío Óscar que quería venir a estudiar aquí, a Santa Catalina, y él se informó. La casa de mi padre estaba vacía y, por supuesto, era mía. Podía mudarme, mi madre había desaparecido del planeta, nadie sabía nada de ella. Me trasladé con la ayuda de Óscar, yo había trabajado desde que llegué a Indiana y había ahorrado cada céntimo, tenía un buen dinero, así que le dije a mi tío que se despreocupara, que cuando llegara aquí me pondría a trabajar y me valdría por mí mismo. Así lo hice. Una vez asentado, mientras estudiaba, los fines de semana me dediqué a trabajar como transportista, sobre todo la conexión era con San Antonio, tenía que traer y llevar documentación y paquetería entre empresas asociadas de ambas ciudades. Era feliz, me había olvidado de todo mi pasado. Hasta que un día vi a mi madre, medio en pelotas, tirada en la calle en San Antonio, supongo que era una prostituta o una drogadicta, o ambas cosas. Eran las cuatro de la madrugada, no había nadie cerca y volví a sentir ese odio... aparqué el coche de la empresa dos calles más allá y fui hacia ella, caminando tranquilamente. No fue difícil matarla, estaba tan drogada que no podía ni moverse. Le corté el cuello con una navaja y me fui por donde había venido. Intenté evitar convertirme en lo que soy... pero fue imposible. Necesito terminar el trabajo, acabar con todas esas putas egoístas que me han ignorado, luego me iré a Indiana con mi tío Óscar, él ya está mayor y le vendrá bien algo de ayuda.

—¿Qué pasará conmigo?

—Lo siento, cielo, pero ya sabes cuál será el final.

Asentí, ya no lloré más, de nada servía. Aquel chico estaba enfermo, no podía hacer nada para convencerlo de lo contrario.

—¿Puedo pedirte algo? —le pregunté. Él levantó la cabeza del suelo y asintió, sin dejar de masajear su sien derecha—. Hazlo rápido, no quiero sufrir más —dije. Él asintió.

Se acercó y cogió la almohada del otro lado de la cama, comencé a llorar de nuevo. Se puso encima de mí, cerré los ojos lo más fuerte que pude, aun así las lágrimas no dejaban de salir de ellos. Sentí que Jordi me besaba en los labios.

—Adiós —dijo, antes de apoyar la almohada sobre mi cara.

Capítulo 45

Ariadna

Miguel corría con el coche tras la policía, Rita había venido con nosotros, yo no podía dejar de temblar, los ojos se me llenaban de lágrimas a cada segundo.

—Maldito hijo de puta, nunca me gustó un pelo ese tío — pude decir sin sentirme estrangulada por el nudo de mi garganta.

Saqué el móvil e intenté llamar de nuevo a Meritxell, pero su teléfono seguía apagado. En poco tiempo llegamos a la casa. La policía apagó las luces y las sirenas un rato antes de llegar, no querían que Jordi se asustara y matara a Meritxell si es que estaban ahí dentro.

La casa estaba en un lugar muy apartado, sólo vi una ventana con una verja y en la entrada había una puerta con cerraduras de seguridad.

—¡Mierda! dijo el inspector Cardona, nos costará un rato entrar.

—Por favor, tenéis que hacer algo, estoy segura de que Meritxell está ahí dentro.

Todos los agentes estaban juntos, deliberando qué hacer.

—Tenemos una posibilidad —dijo el agente Becerra—, la única forma de entrar rápido es a través de la puerta principal. La única ventana de la casa tiene verja. Se me ocurre que si él está dentro no tiene por qué haber pasado la llave de las cerraduras. Aun así, un tiro puede cargarse cualquiera de ellas.

—Son cuatro cerraduras, necesitamos cuatro disparos. Tendrá tiempo para matarla si está dentro —rechistó el agente Rojas.

—No si disparan cuatro personas. Cada uno apuntará a una de las cerraduras y volaremos esa puta puerta por los aires. Hay que entrar rápido, no sabemos en qué dependencias se encuentra, es imposible averiguarlo desde aquí fuera —dijo el inspector Cardona.

—Yo apunto a la última de abajo —dijo el agente Rojas—, Becerra, apunta a la que está justo encima, inspector Cardona, usted la siguiente, Alexander la que está justo encima. —Los cuatro asintieron—. A la de tres.

Cerré los ojos y me abracé a Miguel, Rita estaba prácticamente escondida detrás de nosotros. No podía dejar de llorar, hacía dos días que Meritxell se había ido. ¿Estaría muerta ya?

—Uno, dos y…

Se oyó un gran estruendo, enseguida todos los agentes y los inspectores entraron en la casa, un minuto después se oyó un disparo en el interior. Yo seguía apretada al pecho de Miguel, no quería mirar, no quería abrir los ojos. Al poco sacaron a Jordi esposado, con una herida de bala en su hombro izquierdo. Solté a Miguel y entré corriendo en la casa en busca de mi amiga.

Entré en una habitación y vi que Meritxell estaba tumbada en una cama, amarrada, desnuda, llena de marcas por todo el cuerpo, parecía inconsciente. Pocos minutos después entraron dos operarios de ambulancia, para entonces los agentes habían soltado a Meritxell. Tenía pulsaciones, estaba viva. Los chicos de la ambulancia se la llevaron. Miguel entró en la habitación justo en el momento en que yo me derrumbaba en el suelo y me ponía a llorar.

—Se pondrá bien, preciosa, ya lo verás. Es Meritxell, es fuerte como una roca.

Asentí y salí con Miguel de aquella cárcel en la que mi amiga había estado cautiva.

Capítulo 46

Meritxell

¿Estaba muerta? Aún sentía molestias por todas partes, ahora me dolía incluso respirar. No podía abrir los ojos, no sentía mi cuerpo. Estaba muerta, seguro. Ya no sentía frío, estaba caliente, oía ruidos, pero no sabía de dónde venían. Me era imposible luchar contra la fuerza que mantenía mis ojos cerrados y me venció el sueño.

Silencio, a mi alrededor no se oía nada. El dolor seguía allí y mis ojos permanecían cerrados... tenía mucho sueño, no podía moverme, no podía hablar.

Oía una voz, alguien conocido que me hablaba con cariño... ¿quién era? No lo sabía, pero me hizo sentir bien... ¿Estaba viva? Sentía que alguien agarraba mi mano. Luché, luché con todas mis fuerzas por abrir los ojos, pero no podía... la última imagen que tenía grabada era la de Jordi, con la cara llena de lágrimas mientras me narraba lo que sin duda había hecho que su psique se trastocara, lo que había hecho que el odio se apoderara de él, lo que lo había convertido en un acosador, en un violador, en un... asesino.

¿Dónde estaba yo? ¿Dónde estaba él? A lo mejor no me había matado del todo, lo había dejado para más tarde. Pero no estaba en esa casa, ya no olía igual... olía a Víctor, o quizás estaba alucinando. Lejos, como un susurro, oía voces hablar a mi alrededor.

No me quedaría aquí, no… tenía que ver a Víctor, tenía que contarle todo lo que había pasado… tenía que decirle cuánto lo quería. Víctor…

El sueño volvió a vencerme.

Sentí de nuevo el ruido, podía percibir luz a mi alrededor y una sensación en la mano, como si alguien la agarrara muy fuerte. Me concentré en escuchar, las voces parecían más cercanas… ¿Ariadna? ¿Víctor? Abrí los ojos y allí estaban…

—Víctor —susurré y sonreí.

Él estaba allí, siempre había estado conmigo en todos los momentos de mi vida, buenos y malos, y él seguía allí.

—Hola, cielo.

Empecé a llorar, vi todo lo que había hecho, todas y cada una de las veces que había dejado que Jordi se colara entre mis piernas, que se encaprichara de mí. Cada sonrisa, cada coqueteo que hicieron que me convirtiera en su objetivo… recordé cómo había dudado de mi matrimonio… iba a enfadarse mucho conmigo, yo había provocado todo esto, no debí permitir que Jordi se acercara.

—Víctor, lo siento, lo siento… he hecho algo horrible.

—Schssst... —Víctor posó un dedo sobre mis labios—. Te quiero, mi amor, nada importa ya.

Sus labios aterrizaron sobre los míos reconfortando el dolor que sentía en el pecho y silenciando hasta el fin de mis días todo aquello que sucedió durante la investigación del Asesino del Mordisco.